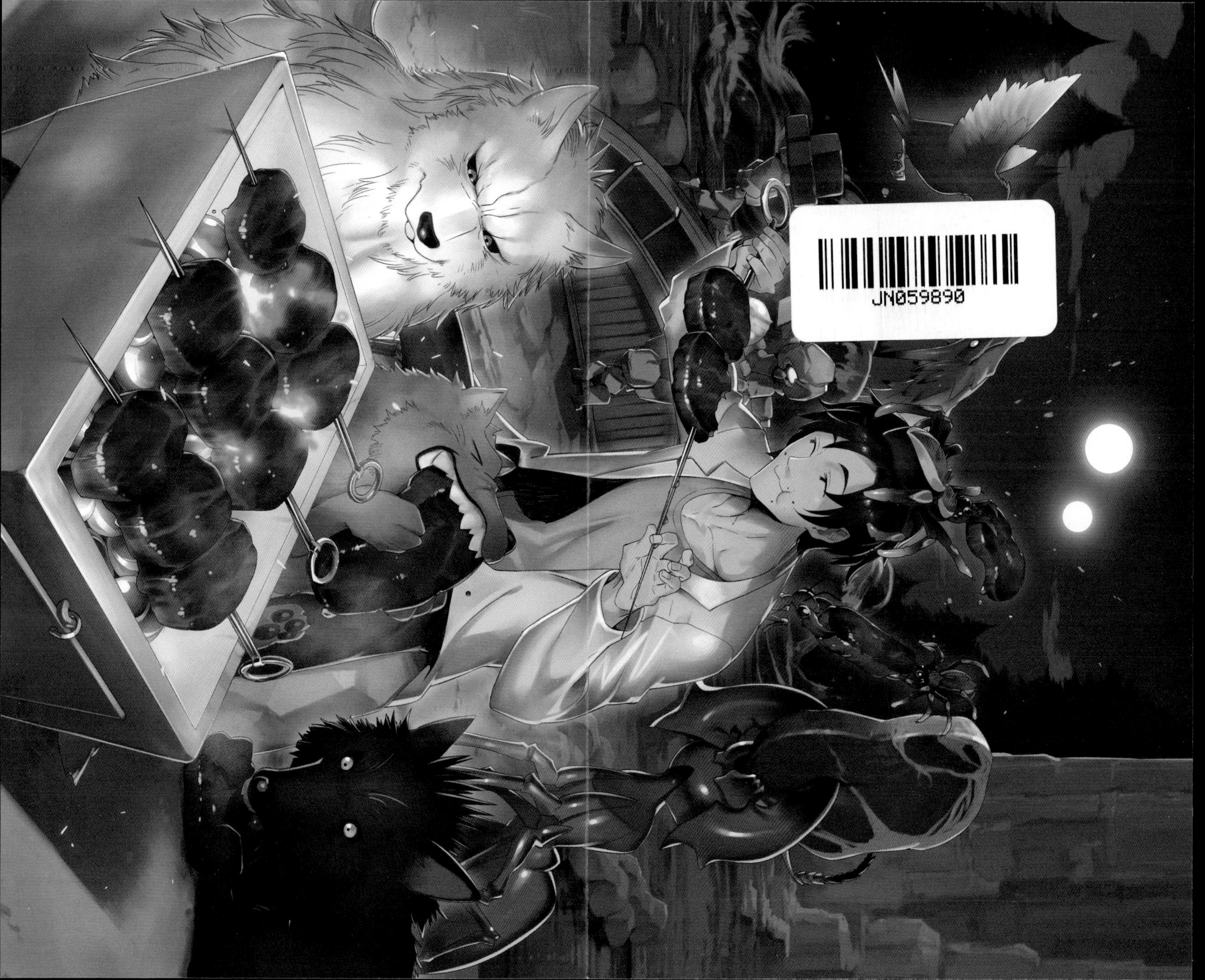

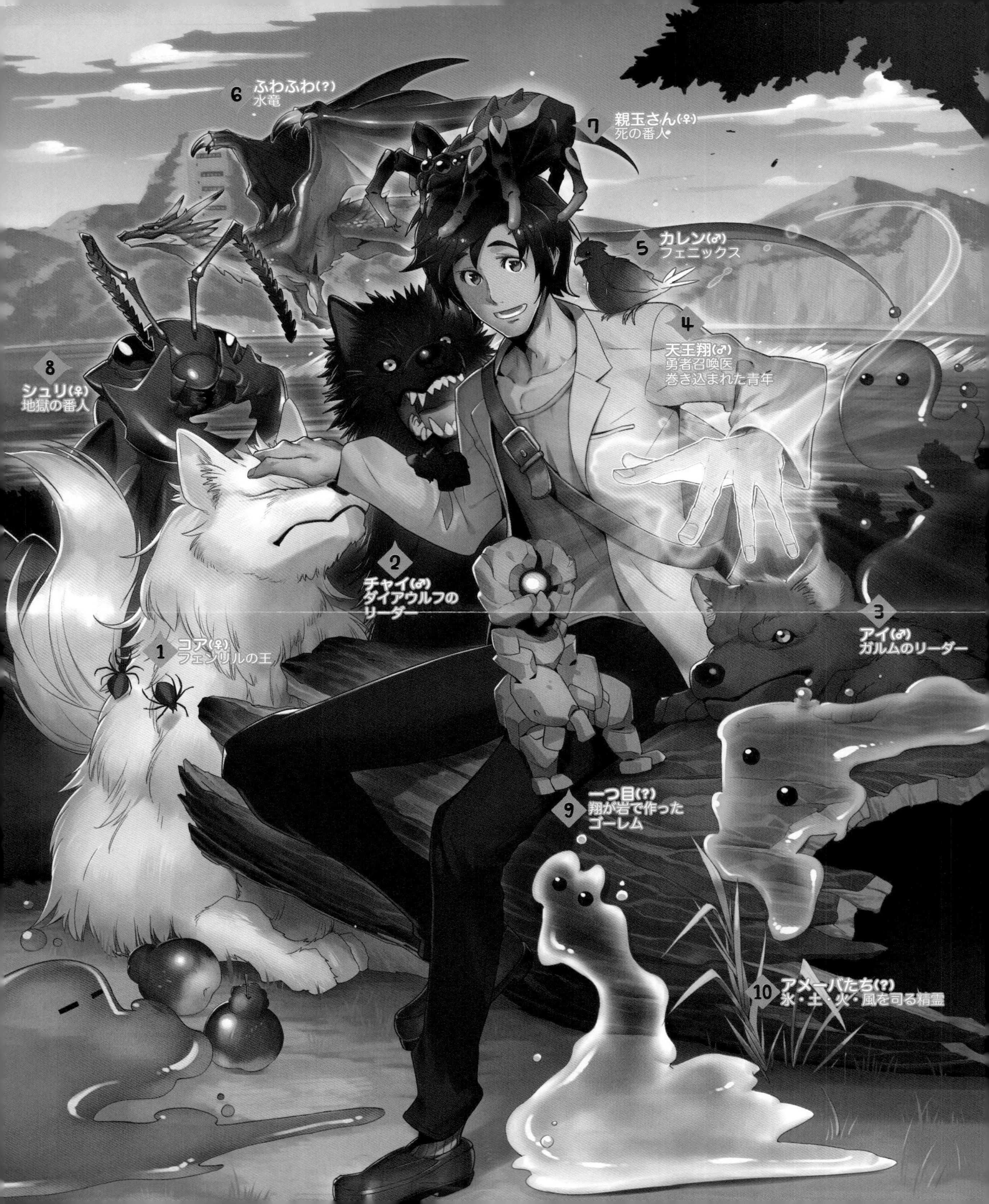
1 コア(♀) フェンリルの王
2 チャイ(♂) ダイアウルフのリーダー
3 アイ(♂) ガルムのリーダー
4 天王翔(♂) 勇者召喚医 巻き込まれた青年
5 カレン(♂) フェニックス
6 ふわふわ(?) 水竜
7 親玉さん(♀) 死の番人
8 シュリ(♀) 地獄の番人
9 一つ目(?) 翔が岩で作ったゴーレム
10 アメーバたち(?) 氷・土・火・風を司る精霊

異世界に落とされた…

Dropped into another world

浄化は基本！

ほのぼのる500

ILLUST イシバシヨウスケ

TOブックス

目次 contents

イラスト　イシバシヨウスケ
デザイン　萩原栄一（big body）

01. 勇者？……いいえ、違います。天王翔《てんのうあきら》という、掃除屋をしている三五歳のとるにたらない男です。

思いがけないことがあると頭が真っ白になるらしい。話には聞いていたが本当だったようだ。

ふっと意識が引っ張られる感覚がして目を開けると、なぜか周りは真っ白な世界。ぐるりとまわりを見るが、見渡す限り真っ白な空間が広がっている。なんで俺はこんなところにいるんだ？　あまりのことに呆然とする。

えっと、思い出せ！　確か今日の朝は、目覚まし時計が鳴らず寝坊したんだよな。それを妹にからかわれて朝からちょっと喧嘩したっけ。あ～、そういやあいつ北海道フェアで買った限定プリンを無断で食べやがった！　くっそ～、仕事の後のささやかな幸せを奪いやがって。北海道フェアって何日までだったかな？　後で調べないとな。まだやっていると良いけど、で、どうしたっけ？　そうだ、仕事に行っていつも通り仲間達とお昼を食べて……そういえば食堂に新しいパートさんが入ったな。それで、仕事が終わって帰ろうとしたら、母さんから帰りにヨーグルトを買ってきてほしいとＬＩＮＥが入っていて……そうだヨーグルト買いに行こうとしたんだった。信号を渡ろうとして……あぁそうか、……トラックにひかれたんだ。最後に見たライトがとても眩《まぶ》しかった記憶がある。

で……俺の他に四人。どうやら一緒にひかれてしまったようで、なぜか一緒にふわふわと浮いている。

ん？　ふわふわと浮いて……いるだと。なぜ？　あれ？　俺以外の四人が光りはじめたのだが……。何が起こっている？　俺は……光っていないな。なぜだ？

『あ〜どうしよう、どうしよう!!』

……どこからか随分と焦っている声が聞こえる。どこだろう、周りはすべて真っ白で何も見えないのだが。

『ちょ……どうするのこのままだと失敗だよ！』

失敗のようです。ちなみに俺以外の四人の姿が薄くなっている。俺だけそのまま。と、いうか起きているのも俺だけ。他の四人は寝ているのか？……死んでいる？　いや違うか？　分からん。

『あ〜元の世界に帰っちゃうよ〜！　召喚術が〜』

『せっかく勇者になれるのに〜』

元の世界、もと？……勇者？　勇者って妹がはまっている、漫画の世界の主人公？　え〜っと、

『何をしとるか!!』

ぅわ！　なんだ、すごい大音量で怒鳴り声が。あ、四人が消えた。

『ぁあ〜見つかった〜』

『やばい、どうしよう〜』

『……あれ？　もう一人いるよ？』

『『『えっ……え！！！』』』

ん〜どうやら俺は予定外だったらしい。見えていなかったのか？　ずっと、四人と一緒にいたの

に……なんだか寂しい。

『見習いの分際で召喚術など使いおって～！』

『『『ぅわ～……』』』

『召喚術は世界の秩序を乱すからダメだとあれほど！！！』

『や、やばい』

『『……あっ……』』

あれ？　俺を包んでいた何かが無くなったような気がする。って思ったら、落ちているよ。……どこに??

俺はどうなるんだ～。

02.　森です……見渡す限り木しかない！

……目が覚めた。体が何だか、だるくて重い。ん～何があったのかな……ってその前に、ここはどこだ？

起き上がって周りを……おぉ～木、木、そして木。しかも樹齢何百年っていう記録を作りそうな大木がいっぱいある。その大木の間にちょっと若い木、大木、若い木、若い木、大木。……とりあえず、落ち着こう。

どこを見ても木々が見える。くるっと一周して確認、森だな。

そしてなんだか体がだるくて、重く感じる。しかもこの森、なんだか黒い影に覆われているように見える。この重さ、何とかならないかな。黒い影も気分が滅入る。

とりあえず、ここが森だとしてどこなんだろうか。今までのことを思いだそう。

えっと、確か見習いという三人の声が聞こえたよな……うん、間違いない。彼らが行った勇者召喚に……もしかして巻き込まれたのか？　勇者召喚……妹の読んでいる漫画に出てきたな。聞いてもいないのに、隣に来ては満足するまで感想を喋《しゃべ》りまくっていたから、なんとなく覚えている。確か異世界に召喚して勇者になって魔王……異世界。あ～ということはここは異世界……だったり……。

えっと……俺ってもしかして帰れない？……。

「くっそたれ～！！！」

イラっとした。

なので、思いっきり叫んでストレス発散！　肺から思いっきり空気を押し出して……。ちょっとスッキリ。

妹曰《いわ》く「ため込むのはよくない！」ってテスト前に部屋から雄叫びがよく聞こえた。何気にこの方法、ストレス発散におすすめなんだよな。

よし、現実を見よう。

ここはおそらく異世界……だよな。異世界……妹の読んでいた漫画……確か定番ってやつがあるはずだ。何だったけ？　異世界の定番は……思い出せ、えっと……魔法だ。ん、魔法！　あっ、魔物！　やばい、大声を出しちゃったよ。周りを見て確認。うん、いないね。もう一度ゆっくり確認、怖いのでいなくてよかった。

「はぁ～……それにしても、気持ちが悪い」

起きてからずっと体に何かが、纏《まと》わりついている気がする。しかも、体の中にじわじわと入りこむような……っておかしいか？　いや、そんな感じがするんだが……。周りを見て気が付いた、黒い影も増えているような気がする。

とりあえず……異世界のどこだろう？　助けを求めたいが……見渡す限り木、それ以外が見えない。深い森の中とかだったら、嫌だな。それにしても気持ちがどんどん悪くなる。今まで経験したことのない、だるさと気持ち悪さだ。……だるさと気持ち悪さって、昨日見た心霊番組の出演者のコメントみたいだな、え！……お化け？　黒い影が怨霊《おんりょう》の呪いだったりして。ハハハ……まさか、異世界には見える呪いがあったりするのか？

「ハハ、まさか……ね？　え、まさかだよね」

とりあえず悪霊退散……は違うよな。言葉に出してみたけど変化なしというか、恥ずかしい。

えっと、確か小説では……浄化魔法？　纏わりつくものに向かって小声で「いなくなれ！　浄化」っと、唱えてみる。

……はぁ……何をやっているんだ……冷静にならないと。怨霊とか馬鹿だ俺……。というか、そもそも魔法があるかどうかも分からないのに。まったく……あれ？……体が軽く……なっているような……。

ハハハ、まさか。でも、もしかして……試しに目の前にある黒い影に向かって、

「浄化」

……できてしまった。浄化ができたということは……まじで怨霊？　悪霊？　ハハハ、魔法が使える世界か〜たまには現実逃避もいいかもしれない。

『グルル』

……現実を見ないと駄目らしい、後ろに何かいる。

03. 犬……いやオオカミ？

後ろからどうやら威嚇《いかく》されている……。

逃げたいけど……無理だよな。刺激をしないように、静かに振り返って何がいるのかを確認する。

デカい！　あ、この犬も黒い影が……大丈夫なのか？　と、いうか……犬なのかな？　随分恐ろしい顔をしているけど。犬には見えないな、オオカミかもしれない。確かに犬にしては厳つすぎる。

うん、オオカミに決定！

……現実逃避はこのぐらいで、さてどうしようかな？

オオカミと闘う？……ハハハ、なんて無謀な計画。この場合はそっとこの場を離れる、もしくはそっと歩き去ってみる。もしくは、一目散に逃げる。あ、だめだ走ったら襲ってくるってテレビで

……あれはクマか？　うん、パニックです。離れてみようと足を動かすと、顔がもっと怖いことに。

呻《うな》ってる！　呻ってる？　あれ、ちょっと違う⁇

あ〜怖い！　巻き込まれて、落とされて、オオカミ！　今日は最悪の一日だ！

あれ？　でもよく見てみると、なんだかふらついているような気がするな。足に力が入っていないし、すごく痩せてもいる。……大丈夫か？

あ、俺はエサか！　なるほどなるほど……やっぱりここは逃げよう。

足をもう一度動かすと……さっきより呻り声が大きくなった。やっぱり逃げるのは無理か？　お……倒れた、やっぱり何かおかしいな。倒れた瞬間、足に纏わりついていた黒い影がオオカミの全身を覆いだす。……気持ち悪いな。倒れたオオカミは、足をバタつかせて、かなり苦しそうだ。あ〜これってもしかして、怨霊が原因？　黒い影が多いが……全部が怨霊の呪いってどんな森だよここ。

……はぁ、今の問題はそれではないだろう……。

……ダメだ、俺。本当にパニックになってる。意味不明だ。落ち着こう。って何度目だよ……ふぅ。

まず、やることは。目の前で苦しんでいるオオカミを助けたい、呻られたけど助けたい。

動物が大好きなんだ。ちなみに家には大型犬が三匹。可愛いやつらで、家に帰るといつも玄関まで迎えに来てくれた。って今はそうではなくて……怖いけどオオカミを助けたい。

そっとオオカミに近づいてみる。すっごい呻られた……まじで怖い！　でも、負けないぞ〜っと。

さっきは浄化の魔法でうまく消えてくれた。なら今回もうまくいく……大丈夫！

手を近づけて、腰が引けているけど気にしない！

「浄化！」

オオカミを覆っていた影がふわっと光になって消えた。お～成功！

ところで怨霊なんだろうか？　呪いなんだろうか？……俺は冷静になれているのか？

04.　オオカミに……懐かれた！

オオカミを覆っていた影がなくなると、次が気になる。綺麗好きな日本人のサガですかね。そう、目の前のオオカミですが、かなり汚い！　まぁ痩せすぎなところも気になるが、汚れはもっと気になる。あちらこちら汚れて、毛玉もある。オオカミは汚れが気にならないのかな。顔つきは相変わらず厳ついが目をちょっと見開いて俺を見ている。これは驚き顔なんだろうか？

……何とも可愛い。動物好きな俺としては、なんとなく可愛がりたい！　でかいところも、怖さよりもかっこよく見えてきた。

ん？　近づいてくる。まさか、襲われる？　お、お腹出した、野生のオオカミが！　これは感動。異世界の野生のオオカミってこんなに懐きやすいのかな？　まぁ、気分が変わらないうちに……。

……うれしい、うれしいが汚い！　この汚さは何とも我慢ができない。あ、そういえば魔法で何かあったはず。汚れはなんだ？　クリーンでいいのかな……とりあえず。綺麗になるようにイメージしてクリーン。

目の前にはサラッサラの白銀の毛をもつオオカミ。すごい成功した。そして、こいつすっごくかっこいい。オオカミは自分を見て……何気にちょっと誇らしげ？　可愛いやつ。痩せているのが気になるが、それはすぐにはどうすることもできないしな。

改めて見ると、きれいなオオカミだな。汚れを取ったら二割ではなく八割イケメン力アップとか。

……うらやましい。

で、気が付いたが、でかい。普通に座っているオオカミと立っている俺の目線がほぼ一緒。俺の身長が一七五センチちょっとのはず。……異世界のオオカミはでかいらしい。俺も、もう少しでかいから身長がほしい。

05.　行くとこなし……一緒に行こう！

それにしても魔法には驚かされる。これってこの異世界に魔法があるからできるんだよな。もとの世界には、なかったし。

すっごい力を持った魔法使いとかいるのか？　会ってみたいが怖そうだな。その前にこの場所がどこか分からない以上、どこにも行けないけどね。

オオカミは伸びなどして体をほぐしている。どこかに行くのか？　一緒にはいてくれないらしい。残念。

あれ？　ここに置いていかれたらどうしたらいいんだろう、俺。ん～、ここにいる理由って、別に求められているわけではないし。つまり……。うん、深く考えない方がいいかな。あいつら、次に会ったら殴る。

で、この森を抜けるにはどっちに行けばいいのかな。というか、今気が付いたけど、黒い影が多すぎて先が見えない。どんだけ強い怨霊……呪い……呪いでいいか。黒い影が呪いだとすると……この森って呪いの森だな。怖いね～……そこに居るけどね俺。はぁ、支離滅裂だな。どうしよう。

あ、オオカミが行っちゃった。

「さみしい」

ん？　オオカミがちょっと離れたところで止まっている。俺を見ている？……ついて行ってもいいのかな？　道案内ってやつか？　でも、どこに行くのは分からないのだが……。といっても、ここにいてもどうしようもないし、ついていくか。

とりあえず走って……えっ、追い抜いた！……えっと、俺はこんなに速く走れるはずがないのだが。というか通ってきた道には、ちょっとでこぼこの岩があって登り道なのだが。

まぁいいか。楽に進めてラッキーってことで深く考えたらダメなやつだな、きっと。何事もいい方向に考えよう、特に今は！

オオカミはちょっと俺の様子を見てから走りだした。俺は隣を、一緒に走ってついて行く。一〇メートルぐらいの崖を四，五歩で駆け上がれた時は、気持ちがよかった。うん、もう何も考えない。これでいい。

目の前には、二メートルぐらい先にある入口。洞窟みたいだが、洞窟内は影が覆っていて全く見えない。

この呪い、いい加減、鬱陶しい。

オオカミは中に入りたいみたいだが、呪いが邪魔みたいだ。俺に視線を向ける。

「入るの？」

じっと見つめられると何とかしたくなる。ということで、浄化。

06. 洞窟の中……影の中の死。

浄化、失敗。いや、失敗ということではなく範囲の問題かな。洞窟の入り口部分だけ浄化しても意味ないよね。中に入るとすぐに影が……。何とか手をかざして広範囲を意識して浄化。俺の周り二メートルぐらいが浄化できた……。あ～洞窟は広かったか。

そしてかすかに聞こえる唸り声。どうやらここは、オオカミの住処のようだ。俺ってまさか、自らエサが来たぞ～って……ことになったり？……そうだったら間抜けすぎる。

浄化の効果なのか、洞窟内の影が少し薄くなった。そのおかげで洞窟内が微かに見える。俺をここに導いたオオカミと同じようなオオカミが、少し離れたところで威嚇をしている。その後ろで、影が動く。ここからでは姿を確認できず何かは不明だ。そして、その後ろには黒い何かの山がある。

もう一度、手をかざして浄化魔法をかける。

先ほどより視界が良くなった。かすかに見えていた黒い何かの山は……オオカミの死骸《しがい》だったようだ。山のように積み重なっている。黒く見えたのは濃い影が覆っていたからだ。ところどころにオオカミの足が見えなければ気付かなかっただろう。それが死骸だと。何とも気分が悪い。

……近づこうとすると唸り声が増える。あ、駄目なのね。俺と一緒に来たオオカミが一鳴き。静かになった。

どうすべきか……この浄化って手を伸ばす範囲だけなのかな。ん～目の前に見える範囲ぐらいなら、どうにかならないかな。まぁ何事もチャレンジか。

視界にかすかに見える奥を意識しながら、全体を覆うようにイメージして
「浄化」

広範囲も浄化できるようだ。ただ、それ以上にこの洞窟は広かった。視界が広がったので、何度か浄化魔法を繰り返す。洞窟内の黒い影が消えていくのが面白い。ふ～さすがにちょっと、繰り返しってめんどくさいな。

不思議なことに魔法を使うたびに、体が軽くなるような気がする。魔法ってそんな効果があるのだろうか？……分からない。分からないことを考えても、今は時間の無駄だな。

そういえば動き回っているが体の疲れも感じないな。……これもあれだ、気にしても時間の無駄だ。いろいろ考えそうになった頭を一振り。さて、次、次。

俺は洞窟の奥にある死骸の山に近づく。洞窟内を浄化しても変化がなく影が覆っている。隣を歩

いているオオカミを見るとじっと山を見つめている。表情は分からないが、悲しんでいる雰囲気を感じる。

何とかしたくなる……自分の性格が恨めしい。仕方ない。ちょっと強く呪いが解かれるイメージを持って浄化。

うん、魔法は万能だ！

07. 五匹……みんなで奥に。

覆っていた影が白く発光すると、スーッと光の欠片となって消えていく。姿を現したおびただしい数の死骸も、ふわっと淡く光って空気中に消える。もとが死骸なので何とも言えないが、ある意味とてもきれいな一瞬となっていた。

光が最後まで消えるのを見届けて、生きているオオカミ達の確認をする。ここに連れてきたオオカミと似ているが、ちょっと小型のサイズのオオカミが四匹。どう見ても種類が違うオオカミ……犬？　が一匹。顔が怖すぎるが、オオカミとは少し違うので犬だろう。最初に出会ったやつに比べれば怖くない。最初の奴は正直、パニックの時に会ったので衝撃が少なかった。それ以前に頭がパンク状態だったからね。今のちょっと落ち着いた状態だったら、どんな粗相をしたか、想像もしたくない。うん、未来がこっちでよかった。

「汚いな」

俺の言葉になんだか全員が情けない顔をする。俺の言葉が分かったのか？　知能は高いのかもしれないな。そういえばオオカミって頭が良い動物だったはずだ。

さて汚れはクリーンできれいに。するとサラサラな毛をもった、きれいなオオカミと犬にご対面。白銀といえる毛並のオオカミが二匹。黒の毛と白の毛のオオカミが一匹ずつ。犬は全体的に茶色で、黒い毛がところどころに混ざっている。並ぶと犬のサイズは小さいほうのオオカミぐらい。

ちょっと隣のオオカミにビビっているように見えるが、大丈夫か？

「仲良くしろよ」

全員のしっぽが触れているので、大丈夫だろう。こいつらの気になるところは、痩せすぎなところだろうな。これは今すぐには、どうすることもできない。

さて、これからどうするかな。洞窟内の浄化をすると、そこは結構な大きさの空洞だった。横にも縦にも五〇メートル以上はあるだろう。正確には分からないが。そして入ってきた外からの入り口以外に、どこかに続く出入り口が二つある。

「何があるか、分かるか？」

俺は二つの出入り口を順番に指さして、オオカミに聞いてみる。オオカミが首を振る。言葉を理解しているような……。確実とは言えないが。他のオオカミと犬を見ても同じ反応。言葉の理解力は分からないが、聞きたいことは理解しているようだ。これなら、頼りにしてもいいかな。

さて、ここにいても仕方がない。広いとはいえ入口ともいえる場所ではちょっと落ち着かない。

何かに襲われた時のことを考えないとな。奥に何があるのか、もしくはいるのかを確かめないと。

後ろから襲われたら笑えない。

とりあえず二つあるうちの一つに近づく。六匹も、あとに続いてついてくる。一緒に来てくれるらしい、頼もしい。

08. 奥は……呪いが深かった。

オオカミ達と一緒に洞窟の奥に突き進む。五メートル幅の道を進むのだが、どうも影がどんどん濃くなっていく。奥に進むと呪いが濃くなっていくのか？　もしや、この奥に呪いの原因があったりして。

俺、お祓いとか無理なんだけど。目で確認できる影を、浄化しながら突き進む。……が、しばらくすると通路にまた黒い影が増えてくる。見ていると壁から染み出しているように見える。気持ちが悪い。

オオカミ達は影が濃くなると、苦しそうに口で呼吸をしている。体もフルフルと震えてもいるようだ。何とかしないと、これはダメだ。

どうすればいいかな？　浄化をしても、どこからともなく現れる影。寄せ付けないようにするには、確か漫画では……結界かな……。あれは魔物からの攻撃を防ぐためだったかな？　呪いにはどうかな。

とりあえずしてみよう。まずは俺とオオカミと犬を覆う結界を頭の中にイメージしてみる。……

駄目だ、個々に動くことを考えるとイメージがうまくできない。動き回ることを考えるなら一匹一匹を、大きい風船で囲う感じの方がイメージしやすいな。結界の中に呪いがあったら意味がないから、結界と当時に浄化も発動するようにしよう。よし！

「結界」

おお～うっすらきれいな青い膜に覆われたと思ったら、消えた。あっ、しまった。オオカミ達や犬の様子を見るのを忘れていた。慌てて確認するが、俺を含めた全員の周りには影が近づいてこないな。どうやら、成功したみたいだ。

これって影だけではなく物理的な攻撃にも有効かな。ここって魔法の世界なんだよな。俺も使っているし。となれば、姿を見せずに攻撃される可能性もあるかもしれない。

結界を強化ってできるかな？　まぁ、とりあえずしてみるか。えっと物理的攻撃と魔法攻撃に対応できるイメージ。……難しい。

結界に攻撃されたイメージをして、それを跳ね返すイメージでいいかな。ん～攻撃を跳ね返すイメージ。……剣も刀もナイフも銃弾も爆弾も魔法も結界にあたって、そして。あれ？　倍返しみたいなイメージになったけど、……まぁいいか。

「強化」

キューンっという音が道に響く。そして結界に様々な色が走りまた透明に。……成功？

オオカミ達がみんな俺を凝視している。ん？　何かあったのか。

「あぁ、結界を強化しただけだから大丈夫だぞ」

なぜかみんな複雑そうな顔をした。あれ？　強化失敗したのかな。これは攻撃されないと分からないな。それも嫌だな。

とりあえず進もう。やはり奥に原因があるのか、影がどんどん濃くなる。視界が悪い、イラつくな。歩きながら何度も浄化を繰り返す。結構歩いて、ようやく奥の壁に到達。そして次の空間に続くと思われる、出入り口を発見。

この洞窟、俺の想像を超えるデカさだ。

09.　奥には……黒い岩？

洞窟の中に入った時は、洞窟全体は黒い影に覆われていて見えなかった。なので、気が付かなかったが、かなり大きい洞窟の中にいるようだ。

五分ぐらい歩いた感覚があって、ようやく次の空間に到着した。視界には影しか見えないけど、浄化をすると広い空間がうっすらと見える。最初に入ったオオカミ達がいた空間のような広さを感じる。まぁ、影で見えないから確実ではないが。

オオカミ達を見ると、かなり疲れているようだ。呪いを受けていたからか体力も落ちているんだろ。もう少し、休憩してから移動したらよかったかな。わるい。

ただ、ここでもすぐには休憩できそうにない。理由は影。本当にどこにでもいる影だ。この存在、じわじわと精神を疲弊させる気がする。

休憩するにもまずは浄化してからだな。先ほどのように見える範囲をイメージしてもいいのだが、もっと大きくして一回で浄化ができるか試したい。正直、何度も同じことをするのは、めんどくさい。

視界ゼロ、まったく奥がどれくらいか分からない。見事に影が覆っている。魔法で何とかするしかないよな。とりあえず暗いところを見るなら暗視だろう。見えないところを見るのは、遠視？千里眼？　どっちだ？

……分からない。とりあえず、イメージで暗いところが見えて、見えないところを見る……ふふ、イメージできない。あ～暗視のほうがいけるな、遠視は……千里眼は……。無理だな。どんなイメージを作ればいいのか、まったく思い浮かばない。

違う魔法を考えよう。見えない空間が分かるようになればいいんだよな。空間認識か、これだとイメージは……微妙だけどなんとかなる。暗闇の中で、手はダメだな、魔力を流して確認するイメージだけど、いけるか？

…………やってみるしかないな。

「暗視。空間認識」

成功したけどビビった。いきなり頭の中にリアル映像が、まぁアニメチックだとそれはそれで困るけど。え～次はこの映像を使って隅から隅まで綺麗にするイメージで。

「浄化」

ちょっとにんまり。できると気持ちがいいね〜ついでに、またどこからともなく影が入ると困るので。

「結界」

こちらもばっちり！　小さくガッツポーズをしてしまった。恥ずかしい。

さて、ここが巨大な空間だと認識。そしてある場所に視線が。

「見たくないけど、見えちゃってるよな〜」

視線の先には黒く禍々しい影を吐き出す塊、真っ黒い岩みたいだ。いや、呪いを吐き出す岩なんて日本で見たことないけどね。というかこれが呪いの原因で正解なのか？

10. 呪いの岩？……ちょっと違う。

オオカミ達が一斉に呻りだす。その次の瞬間には呪いの岩が目の前に。

「うわ！」

腕を前にしてかばう姿勢……でもこれって意味がないだろうなっと頭の片隅で冷静に分析。

ドコン。

大きな音とともに、痛み……あれ？　痛くない。

そっと確認すると、呪いの岩が俺達とは反対側の洞窟の壁に、めり込んでいた。しかも呪いの岩の形が変わっている。大きさが小さくなっている。呪いの岩はめり込んだ壁から出てくると、なぜか壁沿いに移動。俺との距離をとっているみたいなんだが。何もした覚えはない。

何があった？　ぶつかってきたよな……あれは攻撃か。あぁ、結界か。うまく結界が防いでくれたと。でも、思っていた結界の結果とちょっと違うんだが。どうして壁にめり込んだんだ？

この空間ってオオカミがいたところよりも大きい。俺達が入ってきた入口は空間の四隅の一つに近い。長方形の形なので、対角線上の隅に移動した呪いの岩が小さく見える。そこまで逃げる何かがあったらしいが、分からん。何かビビらせることってあったかな。というか呪いの岩には意思があるとみていいのか？　首をひねってオオカミ達を見る。

つぶらな瞳で見つめ返されました。こんな場所でほっこり。って、違う緊張感が緩んでしまった。もう少し近づこうとすると、また呪いの岩がぶつかってくる。なんとなくそのまま攻撃を受けてみると。

結界に阻まれて、そして結界が光って攻撃。……攻撃？　光が槍のように呪いの岩に何本も突き刺さって消える。その時間一瞬。なに、結界が攻撃したけど、これ何？　やばい、結界ってこんな恐ろしいモノなのか？

呪いの岩は一番遠い壁に、再度めり込んでいる。当初は、二五メートルぐらいはある洞窟の天井に届きそうだったが……随分小さくなった。二回小さくなって今はおそらく七～八メートル。

まぁ攻撃する方が悪いってことで許してほしい。というか結界って攻撃までできたんだ。オオカミ達を見ると首を傾げられた。分からん。結界のことは考えても時間の無駄なので放置しよう。

問題は呪いの岩でしょう。攻撃が効かないので思いっきり近づいてみた。ピクリとも隅の壁から動かない。気のせいか？　無機質な岩っというより、初めて会った時のオオカミの印象と似ている。生きてる岩？　だから呪うがことができるのか？　思い切って浄化をかけてみる。呪いの岩が一瞬光って黒い岩肌が薄くなる、が一瞬で元に戻ってしまう。……浄化の威力が小さいらしい。

11. 魔法……それはイメージ！

どうなるか分からず浄化をかけたが、成功で失敗。浄化は成功、浄化しきれず失敗……地味にショックだ。まぁ魔法初心者だから、仕方ない。そういえば魔法には初級、中級とかあったな〜。俺は超初級だな。自己流だもんな。

生きた岩には強い呪いがあるらしい。ん〜今までの浄化では弱い。もっと強い浄化をする必要がある。……強い浄化？……魔法を知らない俺には難しすぎる。今までのイメージより強くしたらいいのか？

今までは、汚れを浮かして落とす……洗濯のイメージだ。これはＣＭで見かけるのでイメージしやすかった。でも、これでは目の前の生きた岩には効果が薄い。呪いを解く……強い呪いをイメージして、強制的に消すイメージにする必要があるな。呪い、色々な映画が思い浮かぶけど違うよな〜。

洗濯の汚れって水に浮くイメージで、どことなくふわっとした汚れだ。頑固な汚れといえばこびり付いた……油か。べったりついた油汚れ、これでいけるか？　なかなか落ちないのをイメージ。あれを包み込んで……弱いか、削り落とすイメージで。

「浄化」

目の前の生きた岩が白く光りだす。見ていると黒い呪いの部分が徐々に剥《は》がれ落ちて砕けて空気に消えている。バリバリッと音がするけど、これって正解なんだろうか？　まぁ呪いが解ければ大丈夫、……きっと大丈夫。剥がれ落ちた最後の呪いが消える。

「あ～これは予想外」

びっくり、呪いの生きた岩ではなかったらしい。俺の前には血だらけの鳥。鳥か、オオカミと出会った時の感覚と同じ感じを受けたのはそのせいか。しかしこの鳥、サイズは雀《すずめ》サイズなのだ。あんなにでかい呪いの塊だったのにまさかの雀サイズ！　鳥にびっくりしたが、サイズにはもっとびっくりだ。ついでに血だらけな状態に……これは驚くよりビビる。もう、近づいても攻撃してこないかな？

血だらけの鳥がふらふらと飛んで俺のもとに。なんとなく指を出すと止まった。血塗れ状態が不気味だ。不気味すぎる。鳥をよく見ると胸のところに大きな傷がある。そこからだらだらと……よく飛べたな、こいつ。……この傷、俺の結界が原因とかあるのかな？　だったら、申し訳ない。

傷をとりあえずふさがないとな。傷の再生は……難しいな。自分の過去の怪我を思い出したが、血が流れているイメージを思い出せない。役に立たないな。えっと、最初は傷口の傷んだところの細胞を再生させて、次に皮膚と皮膚がくっついていくイメージ。……ものすごく不安だ。

「ヒール、でクリーン」

胸元が淡いピンクの光に覆われて傷が消えていく。同時に全身が淡く輝いて汚れが消える。血と汚れが落ちたら、何ともきれいな鳥が俺の指の先に止まっていた。

12．鳥……ちょっと残念。

綺麗な鳥だと思う。ただ、なんとなく残念だが。

指に乗る鳥は全身、真紅で瞳も綺麗な赤。そして特徴と言えるのは羽だろう。羽が赤から白にグラデーションしている。よく見ると、ところどころ金というかキラキラ光るものが見える。とても綺麗だ。ただし、雀サイズ。とても小さいため、この綺麗なところが逆に残念な印象をもたらす。大きければ何とも迫力があって目を奪われるだろうが……雀サイズ。小さい。グラデーションは分かるが……残念だ。

俺の視線の意味が分かったのか指先をつつかれて攻撃された。初めて知った、くちばし攻撃って地味に痛い。そっと頭を撫でると目を細めてすりすり。

可愛いではないか！

ちょっと興奮してしまった。落ち着こう。

周りを確認。結界を張ったおかげで影が侵入してこない。ちょっと休憩しようか。椅子みたいに盛り上がっている岩を発見。

精神的な疲れが結構ある。世界が違うだけでなく、日常とは全く違う魔法のある世界、疲れないわけがない。

ちょっとゆっくりしたいが、視界の隅に映るオオカミ達が俺と入口を交互に見ている。うん、分かってる。知らないふりをしているけど、見えているから。

先ほどから、空間に張った結界が異様な光を発している。仕方がない、怖いけど確かめよう。

結界を出ないように気を付けながら、通路を見てみる。黒い影が通路から空間に入ろうとして光が発しているようだ。影が入るのを結界が防いでくれているのだろう。それにしては光り方が少し大げさだと思うのだが。

あれ？　通路の影が消え去っている。あ、また影がどこからともなく現れた。影がまた、空間に入ろうとして光が発すると……繰り返しだな。よく見ると光が通路を駆け抜けている。それで通路の影が消えているのか。……結界で攻撃を防ぐ……通路の影は……どうして消える？　そういえば、岩がぶつかってきた時も結界は反撃していたっけ。もしかして部屋にかけた結界も反撃しているのか？　ん？　結界に攻撃を追加した覚えはないのだが。おかしいな。

誰か先生がほしい。魔法初心者には、難しすぎる。

13. 問題は放置……生き延びるぞ！

通路を見る。あ、また光った。魔法については、まだまだ不明なことが多すぎる。今のところ、すべて放置しておこう。そこまで余裕がない。

とりあえず座って少し休憩。

座って考えると、いろいろなことが頭をよぎる。この世界のこと、場所のこと、呪いの影のこと、魔法のこと。ありすぎて、いちいち小さいことに疑問を持っていたら、俺ここで死ぬ、絶対に。……呪いの影って本当に呪いなのかも不明だし。でも考えて答えが出るかと言われると……無理。だったら呪いで良い。それで対処できているのだから、できなくなったらまた考えよ。

ただ気になることがある。分からないけど気になる……俺の近くで寝そべっているオオカミ達。なんだか元気になっている、確実に。出会った時はふらついていた、今はふらついていないように見える。一匹だけ紛れ込んでいる犬も一緒。何かを食べたということは、無い。会ってからずっと一緒にいる。では、なぜ元気になっているのか。身近にいるため、これはすごく気になる。と、思ってもこれも放置なんだろうな。考えても分からないのだから。

一回深呼吸。とりあえず整理しよう。

今の俺に必要なもの、安心して寝れる場所、水、食料。生きるために絶対に必要なものから手に入れていこう。必ず生き延びる！　意味不明なことに巻き込まれて、死んでたまるか。

で、必要なことと言えば安心できる場所だ。候補はこの洞窟だったりする。入口に結界を張れば、とりあえずは安心して寝れるだろう。結界が攻撃をしてくれるし。あとは……気になる影の問題だ。

今も入口が光るということはどこからともなく入り込んでいるということ。この問題をまずは解決しないと、安心できない。まずはこの洞窟全体だけでも影をすべて浄化したい。これは俺の安心のため。影を見ると不安になる。絶対に何とかしないと。洞窟の全貌を知らないと影を追い出すことはできないな。空間認識で全体像が分かるだろうか？　やってみるしかないな。

「空間認識」

成功はしたようだが……影が濃すぎて見えない。影の影響が大きすぎる。ただこの洞窟、二つ以外にも空間があるみたいだ。何とかそれだけは分かる。ん～外から洞窟の全体を見られるかな？

「空間認識」

……失敗みたいだ。空間認識では全体は無理、内部だけに有効か。

遠くを見たりするのに必要なのはおそらく遠視か千里眼。イメージが楽な方はどっちだ？　遠視って遠くを見るイメージだよな。ちょっと違うか。俺がほしいのは洞窟を上から見たり横から見たりできる魔法だ。千里眼で試すか。横から見たり自由に……あ、ドローンから見た映像だ。テレビで見たけど、かなり自由に動いて撮影していたよな。覚えているドローンをそのままイメージとして使ってみよう。モニターに映し出された夕焼けは綺麗だったな。

「千里眼」

ビビった～。いきなり目の前にモニターのようなものが出た。そして映っているのは岩山、成功したみたいだけどビビるわ！

14．浄化！……返します。

映像を確認する。

映し出された映像が動いているように見える。ドローンみたいに動かせるのか？　もう少し高いところから見られるかな。お～動いた！　俺が思った方向に移動するようだ……すごい。千里眼って本物のドローンみたいだ。

ちょっと興奮。ほしかったんだよな、ドローンで旅気分。違う、違う！　今はこれが目的ではない。

一つ深呼吸。

ドローン千里眼を上昇させて全体をモニターに映す。影があってものすごく見えにくいが、かなりでかい岩山が移っている。全体を見ると俺が入ってきた入口が、小さくしか映らない。

さて浄化の準備だ。岩山を覆うようにちょっと周辺も含めてドーム型で包み込むか。上手くイメージできたな。

そういえば日本では、呪いを返す術返しってあるよな。目には目を、歯には歯をってやつなんだけど。影を浄化すると呪っている相手に呪いって帰るんだろうか？　まぁここで気にしても仕方ないか。自分でかけた呪いが返ってくるのは自業自得だ。目には目を歯には歯を。

「浄化！」

スーッと体から、何かが抜ける感覚がする。ちょっとびっくり。これが魔力というものだろうか。初めてのことにドキドキするが、それだけで体に影響はみられない。問題はないようだ。

モニターには岩山とその周辺が綺麗に映し出される。

「結界。強化」

浄化したのに、また影に影響を受けるのは遠慮したい。そのまま数分モニターをチェック。

「大丈夫だな」

ん～大丈夫ではない。数時間後に確認したら、影が結界の中に入ってきている。

なぜだ！

調べると答えは簡単。空間の結界は床も含めて結界を施した。岩山は上から覆っただけ。これが原因、下から影が侵入している。土から影がじわじわ染み出ているのがモニターに映し出されている。

気持ちが悪い、そしてむかつく。

もう一度浄化を、ただし範囲をもう少し広くしよう。岩山の周囲の森も一緒に。影が視界に入るのが嫌だ。どうにも、影から不安感を感じて仕方がない。

地中の確認は、千里眼では上から見るだけで意味がない。空間認識では壁がないのでつかめず。

改めて考えて……あれ？　認識する必要はないのでは。大きさを見るのに千里眼での映像は必要だが、土の中は別に大きさを知りたいわけでもないし。結界が張れればいいのだ。難しく考えずに、地下に埋まっている杭をイメージしよう。単純だったので岩山の五倍ぐらいに深く杭をイメージする。杭と杭をつなげると箱が出来上がる。なんとなく地上のイメージも杭を延長して、繋げて箱をイメージ。地下に半分ほど埋まった巨大な透明な箱が頭にイメージされる。……これでいける！

「浄化！　結界！　強化！」

地面から染み出す影があまりにも気持ち悪かったので呪いの元凶に呪いが返るように強くイメージする。

……呪いの元凶ってなんだろう。まぁいいか、呪いをかけるお札でもあるならそれに帰れ！

15.　休憩……不安。

洞窟を見てまわった。最初に入ったほぼ四角形の空間には出入り口が三か所。一つは鳥のいた空間に続く通路へ。もう一つは最初の洞窟と、ほぼ同じぐらいの空間に続く通路へとつながっていた。最後に外への出入り口。新しく見つけた空間も、ほぼ四角形で出入り口は二か所。今度は通路はなく、出入り口からすぐに次の空間に。その空間には出入り口は一つだけ。洞窟から外に出入口は一か所。防犯面ではちょっと安心した。

しかもドローン千里眼で確認したが、俺のいる場所は岩山の頂点に近い。襲うなら岩山を、駆け上がらなければならない。……俺もこの岩山を駆け上がったんだよな。ん？　防犯面ちょっと心配か？　まぁ洞窟内の入り口は一つだから大丈夫だろう。

鳥のいた洞窟の一番奥の空間に戻って、岩に座る。体はなんだか力がみなぎって、疲れを感じない。だが、精神的にはかなり疲れた。怒涛の一日過ぎるだろう。何時だろう。分からん。とりあえず……寝られる場所を手に入れた。次は……。

ダメだ。

「はぁ～」

今まで安全な日本にいたのだから……。いろいろな不安が頭をよぎる。この世界で目が覚めてから、いろいろな問題を全て放置して、目の前のことだけに意識を向けてきた。俺の性格上、立ち止まると、立ち上がれるか分からないからな。安全の場所だけは確保しないと。

体がかすかに震えている。ここまでを思い返して、怖いものは怖いって。

考えがまとまらない。どうしたらいい？　どうしよう。

帰りたいな～。

帰りたいね～。

かえりたい。

ふっと意識が引き戻される。太ももに感じる暖かさと重さ。下を向くと最初に出会ったオオカミが気持ちよさそうに目を閉じている。頭を撫でると……喉がグルグルと鳴っている。

「ふっ……お前、野生だろう？」

俺の言葉にちらっと上目使い。可愛い、おぬしやるな〜。

「仕方ないよな、考えても。慌てても。悲観しても」

気持ちが落ち着いた。太ももに頭を乗せている奴のおかげだな。癒しか……随分凶暴な顔の癒しだな。

16. 仲間……名前は。

……お！　体がガクッと前に傾いてビビった。気付かないうちに、寝てしまったようだ。

両手を上にあげて伸びをする。……背骨かな、すごい音がした。さて、次にやるべきことの前に。

まだ俺の足を枕にしている一匹のオオカミ。

「なぁ、俺と一緒にいてくれるか？」

その、かなり願望の入った言葉にすっと顔をあげて俺を見る。相変わらず顔は凶暴だ……なのに可愛く見える。俺の視力は両目一・五！　今は関係ないな。

グルルと鳴く。どっちだろう、分からん。勝手に仲間の認定をしてしまおう。離さん！

仲間なら名前だよな。

「名前付けていいか？」

グルル。……分からん。絶対離さん!!

よし！　勝手につけよう。

まずは最初に出会った一番大きいオオカミ、メス。毛が少し長く綺麗だ。長毛の長さまではないが。顔は比較的怖い……いや、結構凶暴……可愛いけど。特徴は赤い眼だよな。深い紅色。

他のオオカミを見る。最初のオオカミと同じ色を持っている二匹、メスとオス。親子かな？　で、黒い毛の子と白い毛の子がいる、ともにオス。

茶色に黒が混じった犬、オスみたいだ。

そして、赤い鳥、性別不明。

さてどうしよう……聞いても分かるわけないしな。勝手に付けてもいいかな。

赤か……随分と鮮やかな赤だよな～。漢字で付けてみるか。

最初のオオカミが「心緋《コア》」

コアと同じ色の二匹、メスが「空緋《ソア》」オスが「緋桜《ヒオ》」

黒のオオカミが「黒桜《クロウ》」

白のオオカミが「白音《シオン》」

雰囲気を確認しながらオオカミ達に名前を付ける。問題ないな……きっと。次！

一匹だけいる犬。こいつもでかいよな。オオカミほどではないが、後ろ足で立ち上がったら絶対負ける。

毛色は茶色、「茶偉《チャイ》」

次に赤い鳥。

羽のグラデーションは綺麗、名前も綺麗な響きで……「紅炎《カレン》」

勝手につけたけど不満はないかな？　少し戸惑っているようだが、大丈夫そうだ。

うん、名前を考えるのに、やたらとテンションが上がった。もう少しだけ現実を見るのを遅らせたいらしい。……さて、名前も付けたし……現実に向き合おうか。いや、もう少しだけ……。

17. 洞窟の外……水は作ろう！

生きるためには、まだまだ頑張らないと。

コア達と一緒に洞窟の外へ。住処が決まったら次は水だ。水は大切だ。食料がなくても水があったら数日は生き延びられる。洞窟内には水らしきものは見当たらず。残念。

洞窟の外へみんなで一緒に冒険です。といってもコア達は、ここに住んでいたみたいだから冒険ではないな。

……あれ？　探すのではなくコアに聞いてみればいいのでは？　ついでに理解力も試せる。横を見る、なぜか全員が俺を見ている。……ビビった。

気を取り直して。

「コア、水のある場所へ連れて行ってくれるか？」

俺の言葉を聞くと岩山から下へと視線を向ける。あ～降りるよね、やっぱり。登る時はあり得ないほど軽やかに登れたけど、降りるのは怖いな。六〇度ぐらいの傾斜が続く崖。クロウとシオンが先頭で走り出す。頑張ってついていくしかないか。

ところで、水って理解してくれてるよね？　ちょっと不安。

さて、崖の先に足をかけて思い切ってジャンプ。俺の隣にはコア。

お～すっげ～、崖を自由に走っております。しかも下に！　日本ではただの自殺だ、崖の上からジャンプなんて。

何事もなくクロウとシオンについていけた。息切れもなし。俺の体ってどうなっているんだろう？……まぁ今のところ、プラスに働いているからいいか。

俺が張った、結界内には水はないらしい。浄化しながら水のある場所に行く……行っているはず。


着いた。

コア達は言葉をしっかりと理解していると思っていいのだろうか。水は伝わったようだが。あ、でも他の言葉を理解しなかったな。判断が、難しいな。

そして、水のあるところに来たが、これは嫌だ。目の前には影がふつふつと湧き出ているため池。川もあるが、こちらも同じ。呪いが湧き出ている水を飲むって……。ごめん、無理。

でも、どうにかして水を確保しないとな。目の前の水を浄化しても気分的に、遠慮したい。どうしようか。

クロウが俺の前で首を傾げている。こんちくしょう、可愛い！

……違う、水の問題だ。でも、現実から逃避をしたい！

無意識って怖い。

我慢していたのに、とうとう決壊。クロウの頭を両手でわしゃわしゃと撫でてしまった。クロウの表情は、びっくりしている。ごめんよ、呪いのため池に心が折れそうで。お願いちょっと癒して。

水……水……目の前のは……無理。

いきなりコアがクロウと俺の間に割り込んできた。どうしたんだ？　顔を俺の手にすりすりと擦りつけてくる。水を忘れて、コアの頭をわしゃわしゃ。なぜかみんなが頭を撫でさせてくれた。そんなに哀愁《あいしゅう》が漂っていただろうか？

よし、現実と向き合う。

ため池の水はどうしても無理なので、ゆっくり歩いて洞窟へと戻る。浄化、浄化、浄化。見渡す限り呪いだな……やっぱり気分が滅入る。飲み水か、日本の湧水ってうまいよな～。

「水……水……」

バシャ、バシャ。

解決、水は魔法で作れたようだ。

18. 食料……またか。

水が確保できた。魔法は便利だと、改めて思う。よかったと思うが、分かった経緯が微妙すぎる。気持ちを切り替えて、水とくれば次は食料。同じことを繰り返さないために、とりあえず魔法でチャレンジ。

「牛丼」

どんなに美味しそうなイメージを作り上げてもダメらしい。ん～あとは調理前の野菜とか肉か。

「キャベツ」

…………。

「鶏肉」

キャベツが無理なら鶏肉は無理だよな。なぜ挑戦した俺！　コア達の不思議なモノを見る視線。穴を作って埋まりたい。

深呼吸。

魔法で食料ゲットは無理だと判断。では、どうするか。とりあえず木の実！　キノコは怖いからNG。周りは森だから、何かあるはずだ。

洞窟周辺を探索してみた。浄化済みの場所だけだが木の実が一つもない。巨大な大木があるだけ。

小さい木もあるが、花も実もなし。困ったな。

ヒオの頭突きをもらいました。いきなりだったから驚いた、しかしなぜだ？　びっくりしている俺に、ヒオが一つ頷いた。そしてシオンとクロウと共に結界の外へ、走って行ってしまう。

え！　三匹でどこかに、走って行ってしまった。

何があった？　コアを見ても、ただ見つめ返されて頷かれた。

ごめん、頷かれても。え〜もしかして、俺から離れた？　違うと思いたいが。

俺が困った顔をすると、コアも困った顔をする。コアの困った顔は区別がつくようになった。ただ、今のはお互いに分かり合えていないから出た顔だな。

さて、どうしようか。ヒオ達を待ちたいが、帰ってくるかも分からない。食料問題は早急に何とかしたいし……。ちょっと心を落ち着けて探索開始。……帰ってくると、信じよう。


洞窟の秘密を発見。って言ってみたかった。探検していると、どうしても男の子なので。

見つけたのは出入り口。俺達がいたのは、岩山の頂上付近の空間だったようだ。見つけたのは、地上から普通に出入りできる出入り口だ。

無謀にレッツゴーとはしない。絶対しない。心惹かれても、それはさすがにここでは無謀すぎる。なので、魔法で空間認識を発動。頭の中に映像が浮かび上がる。何度やっても不思議な感覚だ。浮かび上がった映像から洞窟を調べる。かなり広い洞窟だとは思ったが、映像で見ると本当に広い。

……しかも洞窟内には、坂があるようだ。坂を移動してみると、二階の部分を発見。二階も広いな……あ、また坂がある。どうやら……三階建てのようだ。あ、違う四階建てだ。俺達のいた場所が、一番上だからな。

そして、ドキドキ、ワクワク。地下を発見してしまった！　洞窟の地下……この響きだけでテンションが上がる。

上がっていたテンションが一気に落ちた。空間認識で確認したところ地下は二階まである。そして……黒い塊を発見。呪いなんて嫌いだ！

19. 食料……安定の呪い付き。

黒い塊。カレンを見つけた時の印象に、似ている。つまりあれは、生き物の可能性があるということだ。

そういえば、この森には妹が話していた魔物っているのかな？　会ったのはオオカミに犬に鳥だ。魔物には、まだ出会っていないな。

カレンやコア達が魔物ってことも？　ん～魔物って、人を襲う生き物だよな。確か勇者が強くなるために、倒すのが魔物だと妹が言っていたような気がする。あれ？　違うか、魔族が……ん？　襲いかかって来る生き物が、魔物ってことでいいか。と、いうことは襲わないコア達は、魔物とは違うということだ。あ、カレンは襲ってきたな……まぁ、あれは呪いが原因の可能性もあるしな。

出会ってからずっと、俺の肩に止まっているカレンを見る。つぶらな瞳で見つめ返してくれた。魔物ではなし！

問題は、あの塊の中に何が閉じ込められているかだな。とりあえず、地下に行くべきか。

結界の外から音が近づいてくる。木々が揺れている音のようだ。視線を向けると、ちょうど走り去った三匹の姿が見えた。ん？　呪われた何かを、引きずっている。え、なに、すごく怖いんですが。というか、嫌な予感がする。ヒオとシオンとクロウが帰ってきてくれて、うれしい。目の前には、呪いのかかった巨大な獲物がいるけどね。食料を探していたから、わざわざ狩って、持ってきてくれたようだ。

呪われてるけど。呪われてるけど！

三匹は、しっぽをふりふりして、褒めて褒めてと言っているように見える。頭を思いっきり撫でて褒めました。可愛いやつらめ！

で、冷静に。

さすがに、捕ってきてくれたので食べないという選択肢はない。呪いは浄化で綺麗にする！　もう隅から隅まで綺麗にしてやる！

「……浄化」

掃除機で細部の埃を吸い込むようにイメージ。ついでに呪いにイラついたので、呪いをかけたのだが誰かは知らないが、帰れ〜って心の中で絶叫！　声に気持ちを十分にのせて、祈るように浄化をした。

目の前には、影が全くどこにも見えない獲物がある。大満足です。

これが今まで見なかった、魔物だろうな。イノシシのようだけど牙が四本。そのどれもがでかい。何よりサイズが……分からないがでかい。うん、食べごたえがありそうだ。

あれ？　これ誰が解体するんだ？　コア達は、おそらくそのまま食べることができる。チャイも。カレンはどうだろう、肉食なら大丈夫か。解体が必要なのは俺だけ！　つまり俺が解体するのか!!

視線を彷徨《さまよ》わせると、シオンの期待のこもった目と合う。……食べます、解体して食べさせていただきます。

大丈夫、俺はやればできる子！　解体方法さえ分かればな！

20. 解体……頑張った。

落ち着け。

とりあえず、冷やそう。考える時間が必要だからな、冷やしておこう。腐っても、もったいないしな。冷やすイメージは、冷蔵庫の中のイチゴを採用。給料日に奮発した高級イチゴだったのに残念、食べたかった。

「冷蔵」

そっと獲物に触れると、成功したようで冷たい。ちょっと冷たすぎるかな。まぁいい、さて、ふ

～。解体ですが、外でいいか。失敗の可能性が大きいからな。

何が必要だろう。生臭さは確か血と内臓だったかな。あ、血抜きが必要だ！　首を切り落として逆さにして……二時間ドラマを思い出した。どんなエグイ、ドラマだよ。

現実問題、俺にできるか？　難しいな、寝れなくなりそうだ。魔法で何とかできないかな。

血。水分を抜くか……ダメだ、干からびる。とりあえず、空間認識で獲物の内部を見てみた。気持が悪くなったので、却下。胃や心臓の内部を見てどうする。ダメだ頭の中にやたらリアルないろが……。

ふ～ちょっと落ち着いた、気を取り直して。

血……血管。血管だと想像しやすいな、これを……抜き取る。獲物から自然に出てきたら、楽だよな。ずるずると獲物から血管が這い出てくる……這い出て……。夢で魘《うな》されそうだ。却下。おぞましい。

ふ～…………。

どうやって処理するか、血管を獲物の中から一瞬で消せたら。ん？　これ使えないかな。消す……どこに？　ってなるか～。でも消すのではなく、一瞬で移動だったらできるような気がする。外に瞬間移動させて燃やして灰にする。

いける！　これなら大丈夫だ。

イノシシもどきに手を置いて血管だけを体内認識。……そうか、血管だもんな、細い血管もあるよな。頭に浮かんだ映像が、よく分からない物になっている。え～認識せずに血管をイメージして、イノシシもどきから外へ出す、燃やす。これでいこう。

「瞬間移動、燃焼」

……獲物の上に灰がのった。場所を変えればよかった。クリーン。

気を取り直して、次は内臓。これも燃やして消そう。内臓をイメージ。魚を下ろしたことはあるが、ちょっと違うな。内臓、とりあえず心臓、胃……人体模型だ。

理科室で見た人体模型。子ども心に、不気味なおもちゃに見えて、いろいろ取り出して遊んだな……怒られたけど。さて人体模型だが、覚えているかな……結構覚えているものだな。では、人体模型の中の臓器をイメージ。ん、脳や目、心臓……内臓……腎臓……。

「瞬間移動、燃焼」

できたと思う。そして次からは、この魔法を使う時は絶対に目を閉じる。絶対に！　一瞬だけ見えた内臓の山があれほどのモノとは……うっ！

風魔法はすっげ～！　獲物が綺麗に真っ二つに分かれた。あ、皮を剥がすのを忘れた。……中の肉だけ抜き取って、食べるか。想像と違うけどとりあえず解体は成功。

生は怖いので、燃焼魔法で肉を焼く。内臓を一瞬で炭にしたことを忘れて実行。結果、綺麗な炭に……何も残らない。当たり前だ。想像でこんがり焼けるイメージで燃焼。ちょっと焦げ目が目立つが、一日目の食事にありつけた。

夢見は悪かった。

21. 二日目……予想外です！

もふもふとは最強である。

硬い岩の上で寝る覚悟をしたが、ただ今コアのお腹に包まれています。この世界に来て、一番の幸せ。

昨日の残りの肉を食べる、肉しかない。肉の味は解体がうまくいったのか、うまい。正直びっくりだ。呪われていたしね。なので、食料はちょっと安心。……塩がほしいが、今のところ、贅沢は言えない。

住処、水、食料、とりあえず確保完了。トイレが外なのが、ちょっと問題。クリーンでその場は綺麗にできるが……気持ち的に、トイレ専用の部屋がほしい。

ん～それは追々。まずは住処の居心地を向上させるために、何が必要かを考える。とりあえずは、目の前の問題からだな。

それは、地下の呪いの塊。あれが何か確認しておかねば、安心できない。

とりあえず岩山の三階から見て回ろう。この岩は不思議なことに、自ら淡い色で発光している。それほど明るくはないが、確認ができる程度には明るい。

昨日は全く気が付かず、夜中にトイレに起きた時にビビった。部屋全体が光っていた。ビビりすぎてやばかった……忘れよう。

結界の効果はまだ有効のようで、昨日から変化なし。魔法ってずっと継続してくれるのかな？

この問題は結界が切れるまで様子見だな。

三階二階一階は問題なし。一階の天井が一番高かった。目視なので高さは分からないが、他より二倍ぐらいの高さだった。

ただ今地下一階を確認中。天井がなぜか一階よりに高い。何かの必要があってだろうか？　ん～地下に巨大な、何かがいたりして。地下一階は広い空間だけ、ちょっと気になるものがあったが後回し。

地下二階、問題の空間へ。

壁の下方の広い部分が黒い塊に覆われている。地下から呪いがしみだしているように見える。

気持ち悪い。

「ぅわっ、浄化！」

黒い塊が二つに分かれて、その内の一つが襲いかかって来た。襲われることは、想定していたが二つに分かれるとは……。無意識に手を前にして浄化したが、失敗だろう。何もイメージしていない。慌てて塊を見ると、浄化の白い光が溢れている。あれ？　魔法はイメージって妹から聞いていたのに、必要なし？　って、今はそれどころではないな。塊が消えて……何もいない？

予想外。まさか、何もいないとは思わなった。

……え、これ？　この小指の爪サイズの蜘蛛？　二〇匹ぐらいはいるが……まじで？　本当にこれ？

残りの塊からは、五〇〇円玉サイズの親玉蜘蛛が一匹。小指サイズの蜘蛛が五匹。親玉蜘蛛には地球では見たことのない、羽がある。体のサイズよりちょっと小さ目の羽が、パタパタ。親玉蜘蛛を囲んで子蜘蛛が集合。なんだろう、みんなで俺を観察している雰囲気が。

ところでこの子達は、敵なのか？　日本では蜘蛛は毒がなければ益虫《えきちゅう》と言われている。この子達は、益虫？

壁に広がっていた呪いを綺麗に浄化する。さて、俺は蜘蛛の仲間となれるのだろうか。

22. 魔法……ちょっと理解した。

親玉蜘蛛さんがパタパタと飛んで、俺の頭の上に乗った。正直、ちょっとビビった。手で払いのけなくてよかった。

子蜘蛛達はチャイの上にピョンと飛び乗る。飛べないらしい。やはり親と子なのだろうか。……子蜘蛛は小さいのでチャイに沸いた虫に見える……チャイが一瞬ビビっていたが、大丈夫だろうか？

俺の頭からも、チャイからも降りないので一緒に行動することになった。何だか不思議な蜘蛛だな。

地下二階を見て回りながら、少し考察。子蜘蛛の団体に襲われた時、無意識に一番使用している浄化を叫んだ。ただ、俺はあの時に何も考えていなかった。本当に、とっさに叫んだだけ。魔法はイメージが大切だと思ったので、それを今まで実行していたのだが違うのかな？

とりあえず何か言ってみるか。何がいいかな。イメージせずに、「火」。…………何も起こらない。

次に「水」。

バシャ。

俺の隣の場所に水たまりが……。ん〜？　今度は火の玉をイメージして「火」。できた。空中に浮かぶ火の玉。イメージしたとおりに、夜中に見たらダメなやつだ。で、水たまりを見て水をイメージしたが、水ではなく「火」。と、声に出して言ってみる。あえてイメージと違うことを言うとどうなるか火の玉が二つ、俺の周りでふわふわしている。結果から考えると、新しい魔法を使用する時は、イメージと言葉の一致が必要。イメージを変えても言葉が一致してないと、魔法は言葉の方を優先して発動する。それと火の玉が増えたことを考えると二回目からはイメージが不要ということか？　それだと魔法を使うのが楽になるな。考えて魔法を使うのは、疲れる。とりあえずは、いろいろ試すしかないか。何度かすれば、分かるだろう。

火の玉はそのままに、地下二階の最後の空間へ着いた。何もない、ただ広いだけの空間のようだ。隣でふわふわ飛んでいた火の玉が、一定方向に揺れている。風か？　調べると、壁にヒビが入っている。ヒビを覗き込むが暗すぎる。光がほしい。とりあえず「空間認識」巨大な空間で、呪いの塊はなし。よかった。ヒビの先に見える空間に、大きい火の玉をイメージ。

「火の玉」

あ、間違えた、火の玉って言ってしまった。……イメージもしちゃった……次からは気を付けよう。

……火の玉がでかすぎたようだ。ヒビからあふれる光が強すぎて、中が見れない。火の玉を小さくしよう。……調整って難しいな。三回繰り返して、微調整完了。今までの魔法で、一番疲れた。

ヒビの向こう側には、岩とは違う鉱石があるようだ。火の玉の光が邪魔で、色までは分からない。

23. 親玉さん……躓《つまず》き防止。

頭の上からピョンと、飛び降り、ヒビにささっと突入して、小さい銀色の鉱石を持って親玉蜘蛛さんが登場。

親玉蜘蛛さんの行動力にびっくりした。差し出されているようなので、一〇円玉くらいの鉱石を受け取る。ヒビの向こうにあるのは、この綺麗な銀色の鉱石なのか。

「ありがとう、親玉さん」

……なんとなく親玉さんと言ってしまったが、大丈夫だろうか。そういえばまだ名前を付けてなかったな。親玉蜘蛛さんはすでに親玉さんって感じだな～。子蜘蛛は…………待って、見分けがつくまで待って。同じサイズに、同じ色、同じ種類……見分けがつく時が来るのだろうか？

ヒビは細く、さすがに入れない。銀色の鉱石の空間に違うヒビや穴がないかは空間認識で細部まで確認する。なし！ ようやく岩山制覇！

とりあえず銀色の鉱石はポケットへ。鉱石の名前は知らないが、親玉さんからもらった鉱石だから大切だ。

地上へ戻りながら、落ちていた岩の欠片を拾う。そういえば洞窟って、岩がいっぱい落ちている印象があるんだが今、拾ったのが初めての岩の欠片だな……この岩って硬いのか？

しかしこれ、加工できないかな。この住処を拠点にして、周りを探索して人を探す予定なんだけど。周りを見る。どこを見ても、デコボコしている。何度も躓くのはデコボコのせいだ。そしていつか本気で躓《つまず》いてダイブすることが予想される。特に夜が怖い！

ん～加工って難しいかな。岩だもんな。表面を綺麗にするのはやすりかな、木ならやすりで綺麗になるんだけど。以前、趣味で作った棚を思い出す。手に棘《とげ》が刺さったのが痛くて、頑張ってやすりかけたな～。

「ん～加工」

あれ？　手の中の、デコボコだった岩がきれいな表面になっている。掌のざらざらとしたモノは、おそらく岩のカスだろう。魔法で加工もできるのか。まじ、すごいな魔法って。

肩にいるカレンと、頭から降りていた親玉さんが、なぜがつるつるになった鉱石を見つめている。コア達やいつもちょっと離れているチャイも近づく。というか、ものすごく近い。なんだろうか？　つるつるになった岩が珍しいのか？　自然の中ではなかなか見ないのか？

まぁ、でもこれでこの住処の住み心地を、もう少しよくできるな。とりあえず空間の表面を、すべて磨きあげよう。チャイから子蜘蛛が一匹、つるつるの岩に向かってジャンプした。そのまま滑って落下していく……。…………滑らない床にしよう。

親玉さん、子蜘蛛さん、床を走るの禁止！　あぶなかった～。踏まなくてよかった～。

24. 森、森、森……人。

目の前にあったドローン千里眼の映像を切る。ほぼ五日。そう五日。

拠点ができたので森の中、そして森の外を捜索しようと考えた。ここで活躍したのがドローン千里眼だ。コア達はいるが、やはり人を探して情報がほしい。これは仕方がない。誰か俺に情報をプリーズ！　と、いう気分で捜索を始めた。ワクワクしながら、ドローン千里眼をかなりのスピードで操作。時速は不明だが結構速かったと思う。影があって見えにくいが、森の中は薄く見ることができるので、見落としはないはず。動物らしきものは多数発見した。森の随所に濃い呪いの場所もあった。が、探し物は見つからない。

「人がいない」

そう、まさかの人の影が一つもない。森の中だから、村もしくは集落があるかと期待した。なのにまったく映像に映ってこない。しかもずっと森の映像が続く。人もいないが、森も抜けない。

嫌な予感がし岩山の上空にドローン千里眼を飛ばしてみた。いけるところまで、上へ上へ。高く上がりすぎて細かくは見えないが全方向、見渡す限り森。

ドローン千里眼を、ゆっくり旋回させながら少しずつ下降させる。森の中に道や開けた場所を探すが、見当たらない。俺が巨大な森の中にいることは、理解した。そしてこの森には人がいる可能性が低いことも……分かりたくはないが。

まだ、探せていない場所があるので、そこに期待しよう。

一つの不安が頭をかすめる。それは、この世界に人がいない可能性だ。頭の片隅にも考えたことはなかったが、ここは地球と違う異世界だ。……あり得るのか？……いや、探していない場所にきっと人はいるはずだ！　諦めずに探そう。

床をごろごろと、転がってみる。そんな気分の日もある、特に今日は！　つるつるの床は転がっても痛くない、色々考えて熱くなった頭には気持ちがいい。

人探索は、二日目ですでに暗雲が立ち込めた。気分転換に三日目から、探索をしながら気持ちの切り替えに、住処を加工してみた。

地下一階の気になる部分は、銀色の鉱石とは違う金色の鉱石だった。

加工をする時に金色の鉱石部分で失敗。魔力が通りにくいみたいなので、鉱石部分を岩山からすべて取り出した。

チャイが取り出した瞬間、なぜかビビっていた。鉱石の裏に何かあるのかと、俺も一緒にビビった。何もなかったが、あれは何だったのか？

床の加工は難しかった。ちょっとでも滑るようなイメージで加工すると、床が恐ろしい程に滑らかになった。スケートができると、滑って転んでお尻をぶつけた痛さに、悶絶しながら思った。滑らないように加工をしようと。次はざらざらになって微妙な床に。魔法での微調整が苦手だ。何とか頑張って、マンションエントランスの床のようになった……はずだ。ちょっと滑るけど、問題ないレベル。

壁はレンガのイメージで蜘蛛さん対策。レンガはざらざらでも問題ない！

次に自慢！　一階から四階までの階段を、想像以上に完璧に作ることが出来たのだ！　一階から三階は上につながる坂を階段に加工した。これは元があったので意外にも簡単にできた。三階から四階は加工というより穴掘りに近い。岩の塊を一メートル弱の四角に切り取って、三階の部屋に瞬間移動。足元は階段になるように岩を切り取って段差をつけていった。階段の加工で、瞬間移動の技術に磨きがかかったようだ。好きな場所に移動可能になった、ちょっと遠くても問題ないレベル。

これは解体でも活躍した。火を燃やし、そこに内臓や血管を瞬間移動できるようになったのだ。これは大変、喜ばしい。色々見なくても済む。まぁ普通に燃やしたら匂いが気になったので、すぐに燃焼で灰にしたが。

ただ瞬間移動は失敗すると、火の中に岩が移動して焼いていた肉を駄目にしたり。階段づくりを始めようとして、岩の上に内臓がのっていてビビったり。ちょっとした惨事を生み出した。

瞬間移動の前に、内臓や岩と特定すると問題が解決した。瞬間移動だけだと、前に使用した魔法が影響するらしい。

岩にのった大量の血管と内臓はカオスである。

25. 岩……魔法をプラス。

人が見つからない問題は、放置をすることにした。考えると深みに嵌《はま》りそうだし、今はまだやるべきことがある。

外から見ると、ただの岩山だ。とても家には見えないが、中は想像以上のできに仕上がっている。

天井の仕上がりには、特に大満足だ。コンクリートの打ちっぱなしを、イメージして加工をしてみた。岩の色が少し濃いグレーなので、クールな内装になった。部屋ができてくると、岩自体の発光がやはり目立つようになる。天井だけなら問題はないが、部屋全体が発光しているのだ。淡い光のため、夜でもそれほど邪魔にはならないと後回しにしたが、トイレに起きた夜中、淡い光に照らされたシオンを見て……悲鳴をあげてしまった。

……淡い光が、余計に怖さを倍増させるなんて。

翌日、発光を消す方法をいろいろ検討してみた。地球にある、電球の明かりを消すイメージが役に立った。色々考えたのに、実にシンプルに解決した。まずは床の発光を全て消す。壁も同様に消して、天井だけ残す。発光する光の強弱ができるのだが、微調整が難しく今は断念。

地下二階、地上四階の大豪邸（加工途中）。ニンマリ。

地下二階のヒビは、コア達も通れるようにアーチ形に岩を切り取って加工。二つの空間を一つに加工して、鉱石の空間と鉱石を加工する巨大な空間に変えた。金色の鉱石も瞬間移動で地下二階へ。が、この鉱石は魔法がかかりづらく、瞬間移動をしなかった。仕方がないので小さくカットをして、移動することにした。が、この鉱石は強度もかなりあることが判明。岩を切る魔法では傷をつける程度。切る方法を考えていると、テレビで見たダイヤモンドカッターを思い出した。不安だったが挑戦、結果は綺麗に切れた。本当にスパッと、逆に切れ味に恐くなったが……。それは良いとして、ある程度小さくなると、金色の鉱石も瞬間移動が可能になった。金色の鉱石は魔法がかかりづらく、岩や銀色の鉱石のなかで一番の強度ありと判明。

地下一階は食料の保存に。コア達が、何頭も獲物を確保してきてくれる。解体技術が自然と向上した。内臓は直視できないが……問題はなし。ここ最近は新鮮な内臓はコア達が競って食べるようになった。最初は驚いたが、内臓は栄養が豊富で肉食獣にとっては大切な場所だったと思い出した。燃やして悪かった。

皮を岩のナイフで剥がせるようになった。解体中にちょっと冒険者の気分につかる。が、岩のナイフは想像以上に切れた。ナイフの扱いが何気に難しく、ヒールに何度もお世話になった。指を切り落とさなくてよかった。ただ、いまだに皮の加工ができていない。失敗して、すべてを焼却処分としている。もったいないから何とかしたい。

地下一階はもともと空間が四つ。壁をすべてつなげて巨大な空間へ加工。保存部屋を作るため、魔法を試行錯誤。ここで新たな加工方法をゲットした。

岩に魔力を隅々までいきわたらせて、粘土のように自在に形を変えることに成功したのだ。ただ、この時コア達が一瞬だが岩に向かって威嚇《いかく》した。それ以降は反応しないが、何がしたかったのか不明だ。……前触れもなく、岩が床から盛り上がったのが怖かったのだろうか？　そうだとしたら、申し訳ない。

部屋の加工で、魔法の力を感覚的につかむことができた。魔法の素人から、すごい進歩だと思う。ただ、かなり集中力が必要で疲れるため、長時間作業ができない。

それでも頑張った！　五つの部屋が完成。入口はアーチ形でコアが出入りできるサイズだ。扉が作れないのが残念だ。どうやっても無理だった。一階から四階はまだ天井と壁と床の加工のみ。ドローン千里眼の合間に頑張った。人が、誰もいない世界だったとしても生きていける！

喋れる動物はいないかな？

26.　ある国の王様達。

エンペラス国。

目の前で跪《ひざまず》く男は森に異変があると報告に来た。おかしなことだ。あの森はあと少しですべてこの王である我のモノ。そうあと少し。今更何をしても無駄というものだ。何を焦る必要がある。愚《おろ》か者が。

「血をささげ強化をしろ」

王座を出ていく魔導師の後ろ姿にどうにも笑いがこぼれる。あと少しだ、そうあと少しでこの世界が手に入る。

森には忌々しい王達がいたがそれも昔のこと。多くは死んだ可能性があるが生き残りもいるだろう。我の支配下において、死ぬまでこき使ってやろう。栄誉のあることだ、この世界の王の力になれるのだからな。

エントール国。

森に異変が？　異変が見られた場所が遠いので確かなことではないというが、かすかに輝いていたと言う。何が起きているのか。森は……死んでしまうのか……。

エンペラス国が森全土にかけた複合魔眼魔法。この暴挙によってすべての秩序が崩れ去った。森にいた多くの聖獣が姿を消し、意思を持たない魔物、魔獣が溢れだした。

複合魔眼魔法、どうやって生み出したのか。噂では生贄をささげたと言われているが。本当のところは分からないが、あの国は人以外には厳しい国だ。

「森がエンペラス国に支配されれば……」

この世界の支配者ということになる……この国にとっては……。

オルガミト国。

目の前の報告に周りから息を呑む音が聞こえる。エンペラス国が森を支配しようと動き出して二

〇〇年近く。少しずつ森は姿を変えてきている。今回の異変は何を意味するのか。

エンペラス国の周辺には二つの国があった。その国が姿を消したのが二〇〇年ほど前。多くの国民が突然、姿を消したと言われている。当初、森を支配するために作られたという複合魔眼魔法に生贄としてささげられたのではないかと噂された。だが、ただの噂だと誰もが思った。当たり前だ、もしそうなら数十万の命と血が犠牲になったことになる。そんな禁忌を犯すなど。だが、おそらくそうなのだろう。エンペラス国は禁忌を犯したのだ。我々は対応を誤ったのだ。

27. 結界発動！……しっかりもう一度。

ビビった。

正直コアがいなかったら叫び声をあげてパニックだっただろう。

時間は分からないが、寝静まっていた時にいきなりバリバリという巨大な音が辺りに響いた。

飛び起きて、コアにしがみついてしまった。

ビビり？

誰だってきっと飛び起きる。静かな夜、疲れて寝ている時に大音量で音が響けばきっと誰でもビビる。だから俺はビビりではない！

自分で自分を慰めるのってむなしい。以前は妹が心から馬鹿にしてきて落ち込む暇なんて……思い出したらむかついた。復活。

深呼吸を数回繰り返して、心を落ち着かせる。何があったのか外に出て確認をしなければ。

夜だった。見えるわけがない。

しばらく待ったが何も起こらない。もう少し待ってみる。

眠い。確認は明日でもきっと大丈夫だろう。今日は家の加工で疲れている。皮の加工はまた失敗したし。……寝よう。


目が覚めると、問題が起きていた。原因は呪いだ。結界内にかすかに呪いの影が。見た瞬間イラついた。しかも子蜘蛛達が影を見て一目散に家へ退避。仲間をビビらせたことにもイライラする。

……深呼吸。落ち着け、落ち着け。

さて、まずは結界内の影の浄化するか。ついでに結界を強化しよう。

そうだ、浄化する場所を広げよう。ドローン千里眼で上空から家を見た時に、少し遠いが湖があった。魚が食いたい、川魚でもいい。呪い付き？　毎日見ていれば慣れる、浄化をすれば大丈夫。

ドローン千里眼を飛ばして湖を確認する。岩山から湖まで魔力を流してみるが、上から見た時は思わなかったが、ちょっと遠い。大丈夫かな？……とりあえず挑戦してみよう。

一本に繋がった魔力を上下左右に広げていく。地上では森を覆うように、地下にも魔力が染み込んでいく。最終的に地上は、岩山と湖を囲うような巨大な円に魔力が行き渡る。その円の下、地下深くまで魔力が染みこんだ。

で、浄化だがしっかり行う。お風呂のカビをイメージ。根がびっしりの黒カビを、カビ取り剤がじわじわと取り除くイメージ。カビってしつこい。年末の大掃除は風呂場で格闘をしていた。あと、取り除いた呪いは元の場所へ返す。仲間を怖がらせやがって！　許さん！

「浄化」

次に結界だ。地上の結界には問題がないが地下の結界に問題発覚。水に混ざって呪いが染み込んでくる。今回、結界内に呪いが入ったのも水に混ざり合った呪いが原因だ。これをどうにかしなければ。

……油こしをイメージしてみた。活性炭フィルターを使用したモノだ。母親が使用して感動していた記憶がある。油を呪いが混ざった水に変えて、水をフィルターに通すと呪いがフィルターに残るイメージをしっかりともつ。……不安だったので三個積み重ね強化。五個のにすべきだったか？

フィルターに集まった呪いは、やはり返すべきだろうな。うん、一日一回は持ち主にしっかり返そう。ちょっと色を付けるのも、日本人としての礼儀だな。あ、浄化はお返しだけだった、失敗した。まぁ過ぎたことだ。それにこれからは呪いをやめるまで毎日、色を付けてお返しするからな。問題なし！

「結界」

今日もすがすがしい朝である。そういえば、昨日の夜中の音の原因はなんだったんだろう？

……周りを確認、特に問題はなさそうだが、仲間もいつも通りだ。まぁいいか、問題ないみたいだしな。

28. 湖へ……あ、やっぱり。

浄化のあとに気が付いた。水は浄化がしにくい。今回の失敗も水に呪いが混ざり、結界内に染み込んだのが原因だ。とりあえず湖へ。

湖はやはりちょっと遠かった。今の体だから問題はないが、焦っている時は遠い。で、目の前には想像通り、呪いを受けたままの湖だ。

こんちくしょう！

すぐに浄化をかけてみたが失敗。とりあえず呪いが広がらないように、湖と川を結界で閉じ込めた。

ん～水の浄化。どうすればきれいな湖になるんだ？　油こしのフィルターは川には有効だが湖には難しいだろう。困った、何も思いつかない。影、呪い、汚れ……汚れ？　埃を静電気で集めるイメージって使えるかな？　室内中に舞う誇りを静電気をまとったモップで集める。無理があるか？

まぁ……とりあえずやってみよう。

「吸収」

できた、まさかできるとは。湖に無数の黒い塊が浮かんでいる。呪いが多かったのだろう、湖の一面に黒い塊が……無数に。

こわっ！　不気味！

浄化するか……いや、お返ししよう。魔力をある程度、自由に扱えるようになって気が付いた。おそらくだが術返しが成功している。それに気が付いた時に、一瞬だけ迷った。呪いを返したことで、問題が起きたらどうするべきか。ただ、森にあるおびただしい影を見て、自業自得という言葉が浮かんだ。迷いがなくなれば、すべてお返しすべきだと考えた。ソアやチャイ、子蜘蛛達は呪いに困窮していた。ここが俺にとっては重要だ。仲間を困らせたのだから、しっかり熨斗《のし》を付けて返すべきだと思ったのだ。呪いの元が何かは不明だが、どの世界でもやったことには責任が付きまとうものだ。元に帰れとイメージ。

「術返し＋」

湖が一瞬だけ光り輝いて、次の瞬間にはきれいな湖へと変わる。

太陽の光を受けてキラキラと、この世界に来て初めて自然に感動した。湖から流れる川も次第に影が消えていく。結界の外から川を伝って、呪いが入って来ないようにフィルター五枚のイメージで「結界強化」を施す。完璧。さて、しばらく様子を見る必要があるから今日は帰ろう。

家の加工？　改築？　どちらでもいいか、とりあえず住処の加工を続行中。一階は食事を作る場所と食べる場所。みんながゆっくり食事ができるようにしたため広い。広すぎた。

そして風呂！　水も、水からお湯にするのも魔法で自由自在。クリーンがあるけどやっぱ風呂！

この風呂が特にでかい。コア達が一緒に入ることも考えて……無駄にならないといいな～

岩の発光をある程度自由に操れるようになった。微調整はまだ無理だが。

で、念願のトイレ。個室の中に岩で洋式トイレをイメージして作ったものを配置。と思ったら、思いもよらない結果になった。日本の自動洗浄トイレをイメージして加工したら付与されていた。自動クリーン魔法が。気が付かなかったので使用してビビった。地下二階から四階まですべてにトイレを作った。満足……扉ができれば完璧なのだが、残念だ。

トイレができると、なんとなく安心。コア達のトイレも作るべきか、悩む。

29. 住みやすい家に……木の床が恋しい。

二階から四階の加工が終了。四階は二つの巨大空間に。最初一つだったが広すぎたので真ん中に壁を作った。とりあえず寝室もどき。一つの部屋でみんな一緒に寝てますが、とりあえず二部屋。

窓がほしくて岩に穴をあけてみた。が、扉を付けることができないので窓とは言えない。穴のまだと雨とか虫が。諦めていたが鉱石で魔法の練習をしていたら思わぬものを作れた。それはガラスっぽいもの。地下にある銀色の鉱石を薄く延ばすことができた。しかも半透明にすることができ光がとおる。遊び半分でいろいろ試していたので驚いた。

作ったガラスもどきを穴をあけた岩にはめ込んでみた。明り取りの窓完成、しかも結構大きくガラスもどきを作っても強度あり。かなり大きい明かり窓を作ってみた。調子にのって各階に窓をプラスしていく。階段にも。自己満足だが家のレベルがアップしたような気がする。

そういえば、作業中いつも誰かがそばにいてくれる。うれしいが……俺ってもしかして、ものすごく心配されているのだろうか？　確かに魔法は初心者で攻撃されたら一溜りもないとは思うが、家の中での作業だし……。もしかして俺の魔法が不安とか……ありえそうだ。魔法を使う時は気を付けよう。

岩や鉱石に魔法を通したり、強度を確かめたりしていて気が付いた。銀色の鉱石は金色の鉱石より魔法の通りはいい。一番魔法で形を簡単に変えるのは岩、これが一番。やはり魔法の通りと強度が連動しているようだ、強度も金色の鉱石より劣るが岩より強い、不思議だ。

金色鉱石＞銀色鉱石＞岩

二階と三階を作ろうと考えたが、間取りが思い浮かばない。ほしい部屋は寝室とキッチンと台所とトイレ、風呂。四階と一階ですべての機能の部屋が完成。残りは……とりあえず巨大な空間が完成。階段を作る時に取り除いた岩で柱を作成。巨大な空間に巨大な柱が、遺跡のような空間が出来上がった。古代遺跡……調子にのって窓を縦に細長くして雰囲気を作ってみた。落ち着いて見ると……不気味な空間が完成していた。間違いなく余計な作業だ。

次は床がほしい。岩を磨いているので生活に問題はないが木のぬくもりが恋しい。家の外は森。材料は問題なく手に入る。次は床を作る準備だな。

それと同時に、食材を探す必要がある。ここに来てからヒオやシオン達が狩りをしてくれる。なので、空腹で困ることはないが、肉のみ。そろそろ本気で野菜がほしい。

森と言えば果物や木の実で、野菜があるのか不安があるが食べられる葉っぱはあるだろう。どうやって見つけるのかが問題だが。

あとは調味料となる物もほしい。そろそろ肉に味がほしい。とりあえず塩だけでも！

30. フェンリル王　コア。

―狼に間違えられているコア視点―

木を見つめている主を見る。不快な魔眼魔法から解放され、名をもらった。

コア。

フェンリルの王として初めて主を持つ。後悔はない。主のそばは魔力が満ちていて気持ちがよい。

二〇〇年ほど前に襲った森全体を覆う不快な魔眼魔法。人が成せる魔法ではない。だが、何らかの方法で森を襲った。思い出しても忌々しい。

浄化の魔法は一時的にしか効果がなく、結界は常時魔力を使うため早々に枯渇する。

魔力が強く早々に飲み込まれることはなかったが、長きに渡り浸食され続けた。弱い仲間は意思を飲み込まれ仲間を襲い死んでいった。強い仲間は飲み込まれるのを嫌い自らその命を終わらせた。

二〇〇年、多くの仲間の最後を見続けた。意識が飲み込まれることが多くなったそんな時、森の中に人の気配を感じた。

「殺す」

人間の気配に嫌悪感と怒りが渦巻く。

意識を飲み込まれながらも人間がいる場所へと急いだ。その時の思いはただ殺すということのみ。

人間の後ろ姿が見える。警戒もせずただそこにいた。一気に襲いかかろうとするが、体が一瞬ふらついてしまう。

意地で耐えると人間が振り返り視線が合う。

なんとしても殺してやろうと体に力を入れるが入らない。悔しい、ここまで弱っていたのか。目の前に敵がいるのに討つことすらできず終わるのか。そんな絶望が襲うが最後まで睨みつけようと威嚇する。

次の瞬間、全身の力が抜ける。倒れた己が恨めしい。意識が飲み込まれるのを全身で拒否をする。

意識を飲み込まれるぐらいならと考えた瞬間、体がふっと軽くなる、そしてずっと己に纏わりついていた不快感が消える。通常の浄化魔法での浄化はほんの一瞬で効果がなくなる。浄化切れの衝撃に備えるが……？　衝撃が来ないことに驚いて全身を確かめる。

何をした？　目の前に居る人間を見つめる……。

先ほどは怒りで気が付かなかったが、目の前の人間からは底知れない魔力が溢れ出ている。それは人間が抱え込めるような魔力量ではない。フェンリルのトップに立つ我にもその量が正確に計れ

ないなど。

目が合っていると人間から魔力が流れ込んでくる。それが傷ついた己の体に染みわたり、中から癒されていっていることに気が付いた。そっと近づき服従姿勢をすることに抵抗はなかった。

フェンリルの王が人間を主にするのは初めてのこと。ただこの人間は主に相応しい。

気が付くといつの間にか全身が洗われたように綺麗になり、本来の姿をしていた。

主の魔力は見たことがないほど精密で底が知れない。森に現れた王の上に立つもの。


ところで主、木がおかしなことになっているが……。

31. ダイアウルフ　チャイ。

―犬に間違われているチャイ視点―


逃げ込んだ先はフェンリルの王の住処だった。死を覚悟したが、ただ存在を確かめられただけでそこに居ることを許された。その時からどれほどの時間がたったのか。ただ、ただ、自分を乗っ取ろうとする魔眼の力から己を奮《ふる》い立たせた。

あと幾日この意識がもつか。立ち上がることもできない。本当に今、己の意思が己のものなのかも分からない。そろそろ自分の終わりを選ぶ時なのだろう。

居場所をくれたフェンリルに手間をかけさせるわけにはいかない。こんな時でなければ同じ場所になどいることはない存在なのだから。

意識が飛びそうなそんな時、不思議な気配を感じて閉じそうになる目をこじ開ける。

そこで見たのは絶望だった。

フェンリルの王がこの場所に人間を連れてきた。その意味することは。王の死。

生き残っていたフェンリルが威嚇する。その声に王が答える。答える？ 飲み込まれたわけではないのか？

不思議に思っていると暖かな光が何度も部屋に広がる。その光を受けると体から不快感が消えていく。ここ数十年、感じ続けた忌々しい不快感。まさかそれが消えるとは……ようやくこの光が浄化だと気が付いた。ただ、見たことのないかなり強力な浄化だ。

人間が我々のために？ 人間がこの森を襲ったのではないのか？ 不思議な魔力を持つ人間。ただ、その魔力は長く苛《さいな》まれていた体を包むように癒してくれる。


人間を主として仕える生活を始めると、主の魔力が規格外だと気が付く。

結界など常時魔力を使い続けるものを気軽に使用してしまう。最初は正気の沙汰ではないと魔力切れを心配したが……。主は化け物か？ 何度も結界を使用しても生きている。結界を大きくしても魔力が切れる気配がない。その魔力量が恐ろしい。

ミスリルを見て無反応な人間を初めて見た。人間はミスリルに異様な反応を示す。しかもオリハルコンの巨大な塊を魔法で移動？　オリハルコンは魔法が通りずらい鉱石なのだが。目の前のあまりのことに思わず腰が引けてしまった。

主を人間のくくりに入れるのは間違いかもしれない。魔力だけで考えても今まで見たことも聞いたこともない。

恐ろしさを感じることがたびたびある。ただ、頭を撫でられると主から暖かな魔力が流れる。どれほど強い力を見せられてもこの暖かさは離れがたい。

32. 木の加工……微調整は難しい。

目の前に立つこの森に相応しい大木。その大木がおかしな状態で立っている。

木の板を床に敷き詰めるため、大木を適度な大きさになるように加工をしようと思った。初めてのことなので、テレビで見た情報を思い出しながらイメージ。……どこで間違ったのか。目の前の木は、加工された状態で、立っている。

思い出した木の加工方法は、皮をむいて乾燥させて必要な厚さに切る。とてもシンプルだ。ただし、木が割れたり、反れたりしないように、乾燥が重要なポイントだと思い出した。そのままをイメージして……今の状態。皮がむかれ、見た目では分からないが乾燥され厚さ二五センチにカット。

成功と言える、ただし立っていなければ。

そう、これは失敗だ。

大木を切り倒す最初の工程を抜かしてしまった。テレビでも森から木を倒して、加工場に移動させていたではないか！

目の前の大木、どうやって横にすればいいかな。

すでに数十枚の板になっているため、横にする方法を失敗したらばらばらに倒れそうだ。とりあえず大木を切る必要があるな。風の魔法でスパッと切れるかな？　まぁやってみよう。そのあとは横にするイメージ……すぐに瞬間移動をすれば何とかなるかもしれない。よし、挑戦だ。

コアに安全な場所に移動してもらい、風魔法で大木を切る。同時に移動する場所をイメージして
「瞬間移動」

魔法は結構自由度が高い、イメージさえうまくいけば何でもできそうだ。まぁ、そのイメージが難しいんだが。

結果は、木が長すぎて横になりきれず。森の木に引っ掛かって、ばらばらに落ちてきた。……忘れていた、この木は高さもかなりあったから選んだんだった。横になるわけがない。次は大木のうちに長さも切る！　絶対忘れない！

四階の部屋に積み上がった大量の木の板。なんせ、大木五本分だ。

周りの木を巻き込みながら、失敗を繰り返しようやく板が完成した。

なぜだろう、やたら疲れているのだが。コアには幾度となくあきれた顔をされたような気がする。

気のせいであってほしい。

板が完成をすれば、あとは並べるだけ。ここからは簡単、床にそのまま並べるだけだ。

……そのはずなのに……。隙間なく並べることがこれほど難しいとは！

瞬間移動では一ミリ単位での調整が非常に難しい。というか苦手だ。

そんなに大雑把な性格ではないと思うんだが……。

部屋が広いので、木の長さをあまり短くしなかったことが裏目に出た。一枚一枚の板が重くて、床に置いてからの微調整の移動は遠慮したい。魔法ですれば重さは関係ないが、視界の隅に板の山。無理だ、どれだけ時間がかかると思う。

「見ながら調整できれば一番だよな～」

木を見ながら考える。大きな物を移動するのに何がいいのか。日本だったらクレーンだな。コンテナの移動風景が思い出される。

利用できるかな。本格的なクレーンを思い出すのは不可能だったので、お世話になったクレーンゲームをイメージしてみる。玩具を重い木の板に変えて、アームでしっかりと持ち上げる。

「上昇」

移動は、手で押してみる。お～楽しい。まさかできるとは……。

「降下」

隙間を埋めるように手で微調整しながら木の板を下げる。うまくいった。よし、これなら一回で隙間なく移動できる。

……大量にある板の山と部屋の広さを確認。ちょっとめまいが。

33. 岩人形……ビビった。ビビった。

朝から想像を超える現象は遠慮したい。

目が覚めると木の板が勝手に移動をしていた。叫ばなかった俺を誰か褒めて。ビビりすぎて声が出なかったとも言う……。

よく見ると一枚ではなく何枚も移動している。積んである大量の板の山が、昨日より低くなっている。呪い……幽霊でもいるのか？　え、まじで？　幽霊はダメ！

もう一度眠りたい、無理だけど。仕方なくそっと起き上がってみる。

「……岩人形」

幽霊説は違った。よかった。

が、目の前の不思議な光景。板が勝手に移動しているのではなく岩を使用して作った人形が運んでいた。

それは、俺が昨日の夜に作った岩の人形だ。

岩を自在に操っている時に、なんとなく人型にしてしまったのだ。サイズは約六〇センチぐらい。

一つがうまく作れたので、調子に乗って一〇体。面白半分に、妖怪の一つ目小僧をモチーフに、目を一つにした岩人形だ。その眼の部分だけ淡い光を発光させている。動いていない時は気にならなかったが、顔全体にある大きな光る目。……シュールだ。

で、現在その内の九体が板を持ち上げて移動して、床作りをしてくれているみたいだ。お～隙間もなく綺麗だ、しかも早い。

コア達は起きていたようで、岩人形の様子をじっと見つめている。俺が起きたことに気が付くと全員の視線がこちらに向く。

そっと視線をそらす、俺は知らん！

その間も黙々と部屋の床は岩人形によって作られていく。

え、本当になんで動いてるんだ？　動いていない一体を手に取る。確か、昨日一体を作って……。想像通りのものができたので、調子に乗って次を作ったんだよな。その時、あ～確か昔の絵本を思い出したんだ。

靴屋の絵本で、夜中に妖精がこっそり靴作りをお手伝い……。そんなうろ覚えの絵本、その中の妖精がほしいって思ったんだよ。床作りに思ったよりも、時間がかかりそうだったから。ほかにも確かお手伝いロボットもいいな～。など、想像をしながら九体。

あ～、寝る時に、寝ている間に床が完成していたら。そんな言葉を言ってから寝た……ような？まさか、あれで動き出したのか？……まじ？

一体が動かないのは、作ることに必死で動く想像をしなかったからか。というか、本当にあのイメージで動く人形ができたのか？……まぁ、他に思い当たることがないからな。

「……仕事ストップ、集合」

集まった！　まさか、命令も聞けるのか？

九体がしっかり並んで整列している。シュールなくせに……愛嬌がある。

手に持っている動いていない岩人形。お手伝いロボットを想像して「動け」と床に置いてみると立ち上がって九体の横に並ぶ。

……動いてしまった……そうか動くのか。

「お仕事、よろしく」

俺の一言で一〇体が床作りに動き出す。

岩人形は動く、よし覚えた。問題はない、難しいことは放置しよう。魔法で起こることを考えても無駄だ。ところで、一〇体のうち何体が妖精で何体がお手伝いロボットなんだろう？

34.　ある国の騎士。

―エンペラス国　第一騎士団　団長視点―

廊下を急いで歩いていると、後ろから声がかかる。

「聞いたか？」

「あぁ」

今、この話題で城全体が緊張感に包まれている。

王は報告を受け、その場で報告をした騎士を殺した。

俺からすれば殺しても意味がないが。そんなことを一言でも声に出せば、首が飛ぶか奴隷落ちだ。

どちらにせよ、人生が終わる。

森の一回目の異変。王はおそらく最後の抵抗とでも考えたのだろう。魔眼に力をつけることで決着をつけようとした。

だが、結果は、魔石に本当に小さなひびが入った。そう小さなひびだ。

見つけた魔導師はかわいそうにな。王の逆鱗に触れるものを見つけてしまったのだから。

そして今。第四騎士団に集合がかかったらしい。おそらく森に行って調べるという命令が下されるだろう。

あそこはまだ、森の王の力がおそらく存在している場所だ。森の周辺は抑えられてきているようだが。森全体を見ればまだ、一〇分の一にも満たない。しかも調べるとなると、おそらく森の中心部分。森に手を出している、エンペラス国の騎士がいったらどうなるか。

しかし、何が起こっているのか。魔石は見つけた当初よりもかなり強化されたと聞いている。

その魔石に傷をつけた存在。森の王達は今までも反撃を繰り返してきたという。だが、魔石に影響を出せるほどの力はなかった。それが急に。

何かが目覚めたのか？　森の王より力のある存在？　王の上にいる存在とは神か？　神が目覚め

たのか？

複合魔眼魔法を支えるのは一つの魔石だ。古代の遺跡から見つかったと言われる魔石。この魔石の発見により実現した複合魔眼魔法。

魔石は異常なほど力を持ち、魔導師が解析しようとしてもできず、多くの魔導師の血が流れたと聞く。

その魔石を利用したのが我が国の王だ。最初は魔石の力でその身の老化を止めた。いや、止めたというのは違うな、遅らせた。少しずつだが老いてはきているらしい。

次に世界の王となるため、複数の魔眼魔法の強化に魔石を利用した。魔石に注がれた数万人を超える生贄。その贄と血によって、より強固になった魔石、強固になった魔眼魔法。森を手に入れ世界の王になるのだと誰もが信じて疑わなかった。それだけの力があるのだ、あの魔石には。

だが、その考えが今覆ろうとしている。我々は何を目覚めさせたのか……。

35. 森を探索……親蜘蛛？　子蜘蛛？

まさかの岩人形が大活躍だ。三階、二階にも板を用意して床貼りをお願いした。俺が手を出すより綺麗なのはちょっと悔しいが。猫の手ならぬ岩人形。

手が空いたので森を探索することにした。獲物を狩るソア達とは別れて森の中を調べる。お供はコア。

野菜と調味料になるものがほしい。

岩から離れると大木の様子が少し変わる。まだまだ呪いが影響しているようだ。岩の近くの木々より、かすかに黒い影が濃くなる。結界内の木々の内部にしっかりと染み渡るようにイメージをして、

「浄化」

いつもより優しい光が木々を包みこんでいく。数秒後にはふわっと光が空中に集まってどこかへ飛んで行った。

飛んで行った方向を見る。初めて浄化のあとの光を見た。いつもはもっと眩しくて、光が収まった時には全てが終わった後だった。飛んで行った方向に呪いの元凶があるのだろうか。なんか怖いな。

木々を確かめると影の影響がなくなったのか色が鮮やかになっている。よかった、それにしてもでかいな。木の上に実がなっていても収穫は難しそうだ。

一本の木の前。上を見ると赤い実がたわわに実っている。初めて見た、この世界の赤い実。問題は食べられるかどうか、そして収穫方法だ。

とりあえずどうするかと考えていると親玉さんが来てくれた。木を登っていく親玉さんがいっぱいいいる？……いっぱい？　数えると八匹……あれ？

あの子達、まさか子蜘蛛達か？　あ、羽がない、ということは子蜘蛛さん達なのか。大きさが最初に会った時より大きい。親玉さんぐらいあるように見えるのだが。成長か？　この数日で？

驚いていると子蜘蛛さん達が赤い実を一つ採ってきてくれた。手の中の赤い実。ありがとう。八匹の五〇〇円玉サイズの子蜘蛛さん達。……大きくなったね、しかも急に。

持ってきてくれた実は小玉スイカぐらい。銀色鉱石のナイフで切って食べてみる。サクサクしていて味は……桃のようにみずみずしく甘い。

「うまっ！」

数日ぶりの肉以外の果物。しっかり熟しているので甘くてなんだか癒される。みんなで完食して収穫の再開。

赤い実を数十個収穫してくれた子蜘蛛さん達。どうやって持って帰ろうかな。

この世界に飛ばされた時に持ってきたものは、その時に着ていた服と靴。財布とスマホ、あとは肩から下げる黒の布バッグ。

収穫があればとバックは持ってきてたが、小玉サイズの果物は一つしか入らない。このバッグ、有名なロボットのポケットみたいにならないかな。あれだと、どれだけでも収納可能なのに。バッグがふっと軽くなる。

びっくりしてバッグの中を見ると、入れていたはずの赤い果物がない。

「あれ？……消えた？」

36.　森は広い……親玉さん？

子蜘蛛さん達が持ってくる赤い果物をバッグに次々と放り込んでいく。

まさか、持ってきたバッグが魔法のバッグになるとは。某有名なロボットに感謝！

子蜘蛛さん達が収穫してくれた赤い実は三〇個。まだ、上を見ると赤い実はあるみたいだけど終了のようだ。収穫時期ではないのかな？

子蜘蛛さん達は、木と木の間を自由に行き来している。小さい忍者だ。……ちょっと小さすぎて見えにくい、もう少し下のところでお願いします。

子蜘蛛さん達のあとを追って森を進む。なぜか子蜘蛛さん達が先導をしてくれる。ありがたい。目の前をすっと子蜘蛛さん達が通る。

立ち止まって確認すると数歩離れたところに葉が生い茂る低めの木。近づくと子蜘蛛さん達がまたまた収穫してくれている。

生い茂る葉の中にキャベツのような塊がぽつぽつと見える。その塊の一つを持って来てくれたようだ。これまた結構なデカさで、バスケットボールぐらい。子蜘蛛と塊の大きさを比べる、よく収穫して持ってくることができるなこれ。力持ちすぎるだろう。

野菜の塊から一枚だけ剥がして食べてみる。えぐみはなく優しい甘味があってシャキシャキと食感も良い。キャベツとは違うしレタスとも違うな、中間ぐらいの味か？　表現しにくいがうまい。

またまた、バッグへ入れていく。今いる場所はこの野菜の木が数十本と集まっているので収穫量が多い。全部で五〇個……食べきる前に腐らせそうだ。

帰ったら保存部屋に何か魔法がかけられないか考えよう。

…………結構歩いているが、食べられる実がなる木が少ないようだ。

魔物は結構な数がいるようで、俺達を襲おうとするが、コアが唸り声をあげて追い払っている。コア最強！　唸っていると俺も怖い！

黄緑の鮮やかな実のなる木を発見。子蜘蛛さん達が今度はこぶしサイズの実を収穫してくれる。さわやかな香りがレモンのようだ。同じ木から今度は青みがかった実を収穫。こちらは……無臭。不思議に思うけど持ってきたのでバッグへ入れていく。両方合わせて五〇個を収穫できた。種類としては三種類。とりあえず一度、家に戻ろうか。

家に帰ると、別行動をしていたシオンとチャイの前に獲物が五匹。ソアとヒオの前には七匹。クロウの前には二匹。

獲物を狩る数が日々増えている。それにしても大量だ。みんなの頭を撫でながら、怪我をしていないかチェックする。今日もみんな無事に帰って来てくれたみたいだ、ありがとう。

コア達はみんなで一日一匹～三匹を食べる。獲物のサイズによっていろいろだ。たまに焼いた肉を食べるが、通常は血抜きして皮を剥いただけの肉を提供している。彼らには内臓も必要だと思い出してからは、狩った当日の肉は内臓付だ。

解体にも慣れたもので、時間をかけずに次々と捌《さば》いていく。皮を剥ぎ取るのも魔法でできるようになった、時間短縮だ。最初はコア達用。捌い肉はクリーンをかけた木の上に置く。彼らの食事タイムだ。その横で残った獲物の残りを自分用と保存用に解体する。肉は冷蔵部屋に瞬間移動させておく。皮は……まだ方法を模索中。

子蜘蛛さん達のサイズを確かめるために、親玉さんに声をかける。……親玉さん、お前も成長をしているのか……。

37. 保存部屋の進化……知っている味？

親玉さんがまさかの成長を遂《と》げていた。今の大きさは日本のLサイズのスイカサイズ。羽も成長していてなんだかとても神秘的な雰囲気に見える。蜘蛛なのに。

ところで、もしかしてまだ成長するのだろうか？　それはいったい、どれくらいのサイズになるのだろう。ここの果物も大きい、オオカミも犬も大きい。地下一階はほかの階よりも天井が高かった、まさか……ね？

只今、保存部屋について悩み中だ。

今まで保存するものはお肉だけだったので、地下一階の部屋に冷蔵庫としての機能だけを付けて保存していた。

トイレを作った時に偶然できた自動クリーンの応用だ。岩に魔力を行き渡らせた状態で、加工するとイメージしたことが再現できると分かったのだ。日本で使っていた冷蔵庫をイメージして、保存室の岩に魔法を行き渡らせた。結果は巨大な冷蔵庫として活躍してくれている。

が、今日の収穫は果物と葉野菜。葉野菜の収穫が多かったので、冷蔵庫では鮮度が落ちてしまう。冷凍庫を作って凍らせる方法も考えたが、前に葉野菜は冷凍させると食感が変わると聞いたことがある。冷凍庫で葉野菜を美味しく保存する方法もあるのだろうが、俺が知らないので却下。

なので、別の何か、便利な機能がないかと悩み中だ。そのままの鮮度をキープしたい。

バッグから葉野菜と果物を取り出しながら考える。見た目が普通のバッグから、ありえない量が出てくる。何とも、不思議な光景だ。

ちなみにバッグをひっくり返すと、全ての物が一気に出てきた。数えた以上の果物と野菜が出てきた。しっかり数えて入れたはずなのに……なぜだろう？

鮮度をキープしたい。つまり、鮮度をそのままの状態に保ちたい。この言葉をイメージに……難しいな。言葉にするのは簡単なんだけどな。もっと簡単に状態を維持しているイメージってできないか？　冷たい物は難しいな、見た目が変わらない。暖かい物だと湯気が出ているから分かりやすいか。暖かいご飯をイメージして……カレンダーで、時間の経過をイメージしてみるか。

とりあえず湯気の立った白ご飯をイメージしてみよう。二〇一八年一月一日のカレンダーで二〇一八年の年を二一一八年に状態キープというより時間停止、なので、

「時間停止」

部屋全体が少し強い光に包まれて、元に戻る。部屋を見渡すが変化は見られない、こればかりは実践で確かめるしかないな。

とりあえず野菜を入れて様子を見るか。失敗していないことを祈ろう。

岩を棚のように加工して、食品ごとに区別して置けるようにする。部屋の機能が心配だったので、時間停止の魔法を棚にもプラスしておく。少しずつ高性能な食糧庫へと部屋が進化中だな。収納しているものはまだ少ないが、森の探索一日目にしては想像以上の収穫だ。

子蜘蛛さん達には感謝だ。……驚いたけど。

黄緑の鮮やかな実は、レモンとオレンジを混ぜたような香りで、お肉にかけるとさっぱり食べることもできて、ちょっと感動した。葉野菜の方はお肉を巻いて食べると美味い。……焼肉のたれがほしい……。

青みがかった実は、皮をむくと甘酸っぱい香りが広がった。食べると……ん？　イチゴのような……、いや、違うかな？　食感はリンゴのようにサクサクした食べごたえだ。……やっぱり味はイチゴに似ているような気がする。美味しいが、なんだが複雑な印象を持つ果物だった。

38.　床の完成……森は広い。

岩人形達の頑張りで床が三日で完成した。隙間なく敷き詰められた床。俺がやるより綺麗な気がするのは気のせいか？　いや、確実に綺麗だ。

この岩人形、想像以上にすごい。板を並べると最後にできるサイズに合わない隙間や柱の部分の隙間。俺が手伝う前に、鋭利な岩を使って微調整をしていた。

どこでそんな知識を手に入れたんだ？　とりあえず銀色の鉱石で作ったナイフを渡しておいた。岩人形は作業が終わると、俺が寝ている部屋の壁沿いに整列していた。岩を加工して整列専用の棚を作ってみた。並んだ岩人形を見て満足だ。

……動かない時は目が光らないように変更した。夜中に見た並んだ光る眼はホラーだった。さすが妖怪。

床ができたことで少し家を改造する。一階の玄関と四階にある出入り口を小部屋に改良。その場所にクリーンの魔法をプラスして、家の中に汚れを入れないようにした。俺はそこで靴を脱いでから家に上がる。やはり、靴を脱ぐと開放感があっていい。

床ができたらベットがほしくなった。今はまだ床に雑魚寝状態。寝る場所として特別感がほしい。コア達にも大きなベットを作りたい。

森の中で木を加工する。床作りで木を板が大量に必要だったので、ずいぶんと加工する時間も早くなった。さらに板を磨く技術が向上してくれた。今では、やすりで磨いたように綺麗な表面仕上げになっている。

板を四階の寝ている部屋に積んで、岩人形に集合をかける。ベッドを作ってもらうつもりだ。床の仕上がりを見て、自分で作るのは諦めた。

「ベッド作成」

動いたが、なんとなく動きがぎこちない。ベッドが分かっていないのか？　床しかダメなのかな？　もう一度、ベッドを組み立てる工程をイメージしてみる。が……難しい。思ったよりベッドは難題だな。

え～……長さ二〇〇センチの高さ六〇センチ角材を等間隔に並べる。横のサイズは一六〇センチ。確かクイーンサイズのベッドサイズだったはず。角材には溝を掘って……。そこに板をはめ込んで横板を作って……。

何とかベッドらしい形にイメージができたはず。枠のあるすのこを並べたベッドだが。……ものすごく不安だが。とりあえず板を必要なサイズの角材と板に加工する。岩人形自身が考えて、ちょこっと修正とかできると便利なんだがな～。

「ベッド作成」

岩人形が動き出した。なるほど、イメージを持ってお願いすると動いてくれるようだ。だが、今のイメージでベッドができるかどうかが不安だ。とりあえずお試しで俺のベッド。うまくいったらコア達のベッドを作ろう。よろしく。岩人形を見ているとちょっと迷っているような。……頑張れ。見ていると落ち着かないので森で現実逃避、違う……探索をすることにした。今日は新しい場所を探索する。そろそろ糸になる何かを見つけたい。着ている服が随分とくたびれてきた。洗うと消耗が激しそうなので、クリーン魔法で綺麗にしているが限界がある。

今日の先導は親玉さんだ。子蜘蛛さん達より、しっかりした足取り？　で木の上を自由に移動している。出発前に糸を探していることを伝えてあるんだけど。ほつれた部分から糸を出して指をさして伝えてみた……伝わっていると信じたい。着いた場所は……。巨大な虫の住処……なぜここに？

39. 巨大な虫……糸を巻き巻き。

巨大な虫が一斉に視線を向けた。……逃げたい。なぜここに？……親玉さんに何かしたかな？俺。

いろいろなことが頭の中を駆け巡っている間に、親玉さんが巨大な虫の一匹を俺の前に持ってきた。サイズは一二〇センチぐらいある、本気で逃げたい。しかしここは親玉さんを信じて、この子は大丈夫……きっと。

「ぅわ！」

とっさに腕で顔を守る。巨大な虫から何かが俺に向かってきた……攻撃？　攻撃が収まったので腕を下ろすと……？　腕に無数に絡んだ白い。

「糸⁉」

腕には無数の糸が絡んでいる。……なるほど糸か。確かに糸がほしいと言ったな。……攻撃ではなかったのか、びっくりした。

俺が想像したのは綿のような糸になる素材。現実、糸を吐く巨大な虫。……まぁ糸にする手間が省けたと思えば……きっと納得できるはず。

親玉さんが忙《せわ》しなく動いて糸を回収していった。何だろう？

巨大な虫を、家に持って帰ることにする。一緒に来ていたチャイとクロウの背に巨大な虫が各二匹。乗っているのが、へばり付いているようにしか……なんだか見た目が……。

様子を見ていると、巨大な虫は親玉さんの指示に従っているように見える。不思議な光景だな。

家に帰って、さっそく巨大な虫の糸部屋を二階に作成。エサとなる葉も一緒に持ってきたので部屋の一角に置く。

糸として使うのに必要なものを考えて作っていく。重要な糸を巻きつける棒。あとは……岩人形を新たに二つ作成することにした。俺に巨大な虫の世話は無理です。

糸を棒巻いて巻いて～とイメージしておく。よろしくお願いします。

岩人形が動き出した。

巨大な虫は、岩人形が近づくとなぜかビビっていた。可愛いのに、今度の岩人形は目を三つ目にしてみた。通常の場所と額の部分に一つ。仕事別でなんとなく分けてみる。

学生の頃に日本の妖怪にはまっていたのが、懐かしい。

順調に巨大な虫から糸が棒にクルクル。クルクル、クルクル。

うん、糸を確保した。糸はなめらかで、かなり綺麗だ。服にするのも岩人形にお願いすればできるはず……。ただし、その工程をどうすればいいのかが、分からない。編み物の工程なんてまったく思いつかない。糸が絡み合っているイメージしか思い浮かばない。ベッド以上の難題が……。

すごい、ベッド作成の岩人形、一つ目チーム！　なんだか俺が想像していたより、しっかりしたベッドが出来上がっている。太めの頑丈な木枠の中にしっかり組み込まれた横板。風通しが良い、すのこタイプのベッドだ。俺が乗ってもびくともしないロータイプ。しかも、コア達の分まである。

ん？　マットレスがないから隙間があったら寝た時に痛くないかな？……急《せ》いて板を加工して、岩人形に板と板の間の隙間を埋めてもらった。ごめん、俺のイメージミスです。

一体の岩人形が、座っている俺の肩をたたいて励ましてくれた……あれ？

40. チュエアレニエ　親玉さん。

―大きな蜘蛛　親玉さん視点―


木の枠に板を載せる小さいゴーレムの後ろ姿を眺める。

不思議な光景である。ゴーレムとは人間が作り上げた一つの武器。魔物や魔獣対策にあみだされた物である。それが何とも愛嬌があるサイズで、先ほどから何やら作っておる。こんなゴーレムは見たことがない。

まぁ、主の作りだす魔法は、どれも知らないものばかりなのだが。

しかし、主はいったいどれほどのゴーレムを同時に作り出せるのか。一体のゴーレムを作り出すのにも相当な魔力が必要なはず、そしてそれを維持して行くことにも魔力が必要となる。しかも、小さいとはいえ主のゴーレムには膨大な魔力を感じる。それが一〇体以上……。

そして主のゴーレムにはあり得ない自我を感じる。ゴーレムとは主の命令を聞き実行する存在。それ以上のことはできない無機物のはずなのだが。……どうにも、無機の存在に意思を感じるのだ。

疑問に思うも、目の前の二対のゴーレムが、木の枠に板を載せて、うまくいくと互いの手をパンと合わせて……おそらくは、喜んでいるのだろう。他にも、一体がミスリルのナイフで板を削っているがうまく削れていない。その様子を見て、ほかのゴーレムが手伝いに。そのことに、ゴーレムが頭を下げている……これはおそらく感謝なのだろう。最初のは喜び、次が感謝。無機の存在であるゴーレムでは考えられない行動だ。

主の力は未知数すぎて我では理解が及ばない。

主と言えば、不思議なのはその魔力だ。森に、結界に、そして我々にも惜しみなく魔力が流れている。おかげで、少しずつ失われた力が戻ってきているのが分かる。長い間に、仲間を守るために使い続け、枯渇寸前までできていた魔力。それが主の暖かな魔力で癒され、内包する魔力が日々増えている。それはうれしいが、結界を維持するだけでも相当な魔力が必要となる。大丈夫なのだろうかと、心配になるがいつも平然と魔力を使っていく。心配をするのが馬鹿らしくなるほどだ。

おそらく主の魔力は我々王をも凌《しの》ぐのだろうな。

主の希望で糸を作る魔物スワソワを紹介したが、まさか主に攻撃するとは思わなかった。

とはいえ主の結界で毒が回ることはなかったが。スワソワの毒は猛毒。我には効かぬが人ではひ

とたまりもない。中途半端な結界では通り抜けてしまう厄介な毒なのだ。まぁ主ほどの丈夫さと硬さのある結界の前では、あの猛毒でも意味がないだろう。

しかし、あの時は本当にビビった。主の結界には攻撃魔法が付与されておる、それもかなり強力な攻撃魔法が。

スワソワが攻撃をした瞬間に死を覚悟したからな。結果的には攻撃魔法は発動しなかったので今があるのだが……。今、思い出しただけでも寒気がする。主の攻撃魔法の前ではスワソワだけでなく我もおそらく一撃で消滅間違いなしだ。

そういえば以前、真夜中に起こった結界への攻撃。その次に夜空を走り抜けた反撃の光。攻撃の光とはいえ、しばしその美しさに見惚れてしまったものだ。わが身では決して受けたくはないが……。

41. 岩人形……勝手に成長をしたようです。

糸が大量に巻かれている毛糸玉が出来上がった。巨大な虫を見ると、元気に何かの葉っぱを食事中だ。見ていると食事をやめて、見つめ返された。

「ありがとう」

大量に巻かれた毛糸玉は、一つではなく合計二〇〇個。巨大な体を持つ虫とはいえ、どこにこれだけの量の糸が入っていたのだろう？　不思議に思うが元気そうなので、大丈夫なんだろう。

糸専用岩人形達を見る。俺が巻きつけ棒を作った数は五〇個のはずだ。残り一五〇個はどうしたのだろう？……あぁ元の岩人形が手伝ったのか。今いる糸部屋には、糸専用岩人形に交じって元の岩人形いる。……気が付かなかったな。いつの間にか交流を持っていたらしい。

呼び方面倒くさいな……三つ目と一つ目でいいか。

三つ目達は俺を見つめている。おそらく次の工程を請求していると見た……が、イメージがどう頑張ってもごちゃごちゃした糸にしかならない。どうするべきか。

着ているTシャツを脱いで、縫い方などの確認をしてみる……やはり難しい。三つ目が近づいて来て、一緒にTシャツの作りを確認する。三つ目の顔を見ると、何やら思案顔に見える……あれ？

部屋にいる一つ目を見ると様子を窺う表情をしている。……見間違いではないな、一つ目にも、三つ目にも、表情があるんだが。おかしいな、俺が作った人形だよね？　でも、確実に三つ目は今、困った表情をしている。

Tシャツが俺の手から三つ目の手の中に、何気なく移動していた。……いつの間に。あ、Tシャツを裏返した。Tシャツを囲む三つ目……なんだろう近づけない。一〇分ぐらいしてようやく手元にTシャツが帰ってきた。よかった。そのまま、持っていかれるかと思った。

そして一つ目三つ目が行動開始。……命令を出してはいないのだが……どうしよう、何が始まるのか分からない。岩人形って成長する物なのか？

近くにいる親玉さんと子蜘蛛さん達を見る。みんな、それほど慌てている様子もないか……あっ、違う、なぜか岩人形達を凝視している。やっぱり何か可笑しいのかな？　ん～役には立ってくれているし、問題はないだろう。

有名な青いロボットをもとにした岩人形は日々、進化してとうとう自立をしたようだ。……ＡＩ搭載だと思っておこう。大丈夫だきっと、信じているからな！


一階にあるキッチンの入口で、呆然と立ち尽くしてしまった。

キッチンには岩のテーブルがあるだけの殺風景だったのだが、まったく違う風景が見える。目を何度か擦って、もう一度キッチンを眺める。……夢ではないらしい。

目の前に見えるキッチンには、俺が考えていた木のテーブルと木の椅子がセッティングされている。調理台は元の岩のものだが、床だけではなく壁や天井が木で覆われて、ログハウス風のなんだか温かみのある空間に変わっている。というか、調理する場所と食べる場所が区切られている。

……あっ、リビングまである！

一つ目達八体が今もまだ作業中のようだ。残りの二体は……糸部屋でお手伝い中だったな。

それにしても、どうして何がどうなって、こうなったのだろう？　確か食事をする部屋を、ダイニングとキッチンとリビングのように区切って、居心地をよくしたいと話したのは二日ぐらい前かな。でも話をしたのはコアに向けてだけど、……そういえば、あの時隣にいたな、一体の一つ目が。

なるほど、それを聞いて部屋を改造してくれたのか。どこで木のテーブルなどを知ったのかは不明だが……まぁ大丈夫そうだからいいか。それにしてもすごいな、俺の理想が詰まったダイニングにリビングが完成しそうだ。

そういえばどうしてコア達は、隅っこにいるんだろう？

42. 皮の加工……岩人形の追加。

ダイニングでの食事が楽しみになった。岩人形達の成長は、まぁいい方向へいったので気にしないことにした。考えても時間の無駄だ。俺には理解ができないことが多すぎるここでは、些細なことだ。気にしない、気にしない……絶対気にしない。

一つ目がコップを作ろうが、お皿を作ろうが気にしない。お箸が出てきた感動、かなり使いやすい、手のフィット感がすごい！　ベッドが何やら進化した、ベッドヘッドってあると便利だな。階段に手すりが付いていた……滑って落ちたのを見られたからかな？　周りを確認した時には、誰もいなかったと思ったが……。

ある日、木の板が足りなくなったと催促されたので大木を加工して提供。その日、お風呂が木で加工されていた……え、なにこれ。……ちょっと君達やりすぎでは？

ずっと失敗の連続だった皮の加工がようやく成功した。

まず大切なのは、皮から脂肪など、余分なものを綺麗にそぎ落とすことだ。魔法で挑戦したが、俺は魔法での微調整が苦手だ……次にナイフだが……どちらも皮に大穴が開いた。何とかこの工程をクリアーしたら次は洗いになる。

皮についている汚れを綺麗に落とすことなのだが、こびり付いている汚れがなかなか落ちない。何気に体力が必要な行程だった。ここまでで、大きな皮はだいたい六分の一ぐらいになっている。なんでだろう、頑張っているのに。

ようやくここまでたどり着いても、次に最大の難関の乾燥が待ち受けている。この乾燥の工程で、いつも皮が硬くなってしまうのだ。硬くなった皮は何をしても硬かった。水に数日つけてみても、揉んでも、叩いても、硬かった。皮を柔らかくする何かが必要だったのだが、それがずっと分からずに進歩がなかった。

それを偶然にだが発見できたのだ！

汚れを洗い落とした皮を綺麗な水で最後に濯ぐのだが、いつもは魔法でぐるぐると水を回す。だが、その日は何を思ったのか近くに落ちていた木の棒で、ぐるぐると水をかき回した。たまたまその時に、獲物が狩られて来たので、解体するためにいったん作業を止めたのだが、そのあと作業に戻るのを忘れてしまった。翌日まで、木の棒を突っ込んだ水に皮を放置。思い出して慌てて、水から皮を取り出して乾燥させたのだが、なんと今までよりも皮が柔らかくなっていることに気が付いた。

それまでの皮と比較してみると、かなり柔らかい。

違いが何かを考えて木の棒を思い出す。急いで使った棒を探して、もう一度皮の加工に挑戦。やはり皮が軟らかくなる。木をよく見てみると白い樹液が染み出ている。おそらく樹液が皮を柔らかくしたのだろうと、木を探して樹液を採取。今、岩を加工した壺に樹液がなみなみと入っている。

……取りすぎただろうか？　まぁいいか。

目の前に、大きな皮がある。皮の加工に挑戦しようとしたのだが……一つ目や三つ目を思い出す。現実を見なくては……俺が挑戦するより、間違いなく成功する可能性が高いのは岩人形だ。

なんとなく心が晴れないが、新たに岩人形、子鬼を四体追加した。額に一つの小さな角があるのがポイントだ。子鬼達に任せれば間違いなしだろう……けっして丸投げではない……。悔しくはないからな！

岩のナイフを渡して、脂肪の除去をお願いした。やはり、俺とは比べ物にならないくらい、綺麗に取り払ってくれる。しかもどこにも穴がない……俺だって頑張ったのに……。次に子鬼達が全身を使って、水につけた皮を綺麗にしてくれている。最初の処理が上手だったのだろう、洗う工程が俺より早く終わる。もう、何も言うまい、ただやっぱりなっと思うだけだ。そして最後の工程、樹液を入れた水に皮を一日漬け込んで乾燥となる。

長かった、皮の加工でここまで手間取るとは思わなかった。そしてやっぱり岩人形はすごかった。

ベッドの上に毛皮の敷物が敷かれたのは数日後。暖かくて寝心地がいいです。

43. 森を耕す……怖くないぞ！

皮を加工できるようになったら、問題が起きてしまった。一日に何頭もの皮を加工するため、皮を乾燥させる場所がないのだ。乾燥場所を作るためには、家となっている岩山周辺の開拓が必要のようだ。

家の改造に、森にある木を一五本近く頂戴したが、どれも樹齢何百年と思われる程の太さがある木で、必要な枚数を確保しても、それほど木を切り倒す必要が無かった。そのため、家の周辺は見渡す限り木々が生い茂っている森だ。よく見れば所々に空間はあるのだが……森は森だ。

家の周辺の森を調べて、開拓する場所を選ぶ。何も家から全方向にかけて開拓する必要もないだろう。とりあえずは、玄関の前にあるスペースを広げることにした。

今は獲物の解体ができるだけのスペースが開いているが、それもぎりぎりだ。五頭以上の獲物がある時は、解体する場所が無くなって困ったことがあった。狩ってきた獲物を、全ておける広い場所を確保しよう……あとは皮の乾燥場所の確保だな。

木を切って、加工。切って加工、切って加工、切って加工…………。疲れた。

加工した板が大量に積みあがっている。地下一階と使っていない三階に大量の板を移動。一つ目達が加工された木の前で、喜んでいるのが見える。また、何かできるのだろうか？　ちょっと怖くもあり、楽しみでもある。

皮の乾燥場所の確保をしていると、子鬼達から広さの指示があった。……作業をする子鬼達に、広さは任せた方がいいだろうな。指示に従い開拓していくと、考えていたよりも広い広場が確保できた。……こんなに広さがいるのだろうか？

次に家の前を開拓していく。なぜかコアが、切っていく木を指示してくれる……ありがたいのだが……切りすぎでは？　大丈夫だろうか？　一日の作業を終えてから周りを見渡す……結構な広さの場所の木がなくなっていた。見渡す限り切り株が……まだまだ開拓は途中だ。

おかしい、最初はこんなに広くしない予定だったのだが。コアの希望を聞いていくうちに、巨大な切り株畑が出来上がってしまった。

左右を見ると岩山を中心に同じくらいだろうか。右に一〇〇メートル、左に一〇〇メートル……？　まさかそんなにないよね？　ハハハ、まさか。

なんとなく疲れたので、終わることにする。玄関に入って……今日の朝まで岩そのものだっが壁が木で加工されていた。上を向くと天井も木で加工されている。

岩が光る部分だけは開けてあるので、しっかり夜の明かり対策も施されているようだ。一つ目達が頑張って、家全体を木で加工しているのだろう。あの子達はいったい、何を目指しているんだろうか？　それにしても、随分と温かみのある家になった。

とりあえず玄関で呆然としていても仕方がないので、居心地の格段に良くなったダイニングへ。

食器をしまう棚ができて、コア達がくつろげるスペースには毛皮が置いてある。俺の座る椅子もしっかり用意され、なぜかロッキングチェアまである。

俺が昔、雑誌で見たような気がする家具がちらほら点在している。

ただ、俺が細部まで覚えていないものまで、しっかりと作りこまれて置いてある……ちょっと怖い気がしないでもない。

いや一つ目達が頑張っているのだから。うん、天井からハインキングチェアがぶら下がっていても大丈夫だ。高校の時に雑誌で見て、ほしいなって思っていた時期もあったな、ハハハ。それが、今目の前に……怖くないぞ～。

ハイキングチェアの座り心地は大変良かったです。

44. 全身三つ目のプロデュース……洞窟発見！

調味料探しは継続中だが、なかなかこれに関しては進展がない。残念だ。

今日は全身三つ目達が作った服を着て森を探索している。今日、とうとう全身の服が完成したのだ。しかも全身白ということもなく、黒のズボンにTシャツは淡い緑となっている。下着は白だったが。

服を持ってきた時の三つ目達は何気に得意げだったな。それが何とも朝から癒された。

着心地は俺が今まで着ていた物と格段に違う。触り心地はすべすべで気持ちが良く、着ていてもごわつき感が一切ない。ただ、ズボンだけがちょっと心許ない気がしたので、次のズボンは糸を太くするようにお願いした。

下着も新しいものが完成した、実はこれが一番うれしい。どんなにクリーンで清潔にしていたも、一枚をずっと着まわしていたのだ。気持的なことだが、洗い替えがほしかったので、本当にうれしい。ただ、三つ目達に下着を吟味される時は、恥ずかしさを感じた。いたたまれなさを我慢しただけのことはあったが。残念なことにゴムはなので、下着もズボンもウエスト部分で紐を使用して止めている。これは仕方がない。

服が完成する少し前に、様子を見に行ったのだが、カラーの毛糸玉があることにびっくりした。どうやって色を作っているのかを見てみると、個々の巨大虫によって食べるものが変えられていた。どうやら、食べるものによって、糸に色が付くらしい。子蜘蛛さん達が三つ目達の指示で花や葉っぱを集めている姿が見られたのだが……三つ目達って、何気に力があるのだろうか？　彼らの、力関係が分からない。

服が一新されると、なんとなく気分がいい。森の探索でもいい結果が出そうだ。

開拓した場所から数分歩いた場所に、ぽっかり穴の開いた岩山を発見。

「洞窟だな」

中はゆっくりと下り坂になっているのが、入口からでも分かる。下に続いた道は見えなくなるまで続いている。入口からでは、どれくらいの深さがあるのかは分からない。

洞窟の場所は、家となっている岩山から少し離れた場所にある。それほど遠くもなく、近くもなくという感じか。ただ、洞窟内で何かがあったら、影響が出るかもしれない場所ともいえる。中を確かめる必要がありそうだ。
魔法で光玉を出して、コアとソア、ヒオと共に周囲を照らしながら中へと進む。下りになってい
る道がずっと続いている。結構歩いているのだが、変化は見られない。ただ、気になるのは道の広
さだ。入口もそれなりに大きかったが、それと同じサイズの道がずっと続いているのだ。
どれくらい歩いたのかは、分からないが一つ大きな空間に出た。
……いたね。道の広さを見て、もしかしてと感じていたが正解だったようだ。
目の前には、口にある牙で威嚇している、異様にデカいアリ。大きさはコアと同じぐらいかな？
今のコアは、成長しまくって軽自動車より一回り小さいぐらいある。改めて見るとコア、デカすぎ
る。そして目の前のアリもデカすぎる。
巨大アリは、真っ赤な体に黒の不思議な模様が全体に入っている。その黒の模様が異様な光を発
しているのだが、その印象が、どうにも影を見た印象と同じなのだ……とても不快だ。影とは違う
が、あれも呪いなのだろうか？
とりあえず影と同じ印象だったので「浄化」を施す。アリの全身が光ったが黒の模様が光を打ち
消した？……浄化ができなかった。

45. 呪い……怖い！

浄化が効かなかったのは初めてだ。ちょっとドキドキしてしまう。呪いが移ったら困ると思い、すぐに自分達の防御を強化する。

「結界・強化」

心の平穏のためにまずは自己保身。当然だ。

アリの全身の黒の模様。呪いの変化バージョンなのだろうか？　呪いといえば……呪詛、怨霊、憑依。……まさか呪いが乗り移っているとか？

巨大アリを見る。目を見て……分からん。映画では目が死んでいるとか言っていたのに。そもそもアリの目を初めて見るのだ、分かるわけがない。

でも、とりあえず考えられることからしていこう。

いきなりコアが目の前に来た。巨大アリが襲いかかってきたのを防いでくれたようだ。コアの全身が光り、巨大アリが吹き飛ばされる。

その振動が洞窟に響き渡った、すごい迫力だ。巨大アリが立ち上がると、コアが唸り声をあげて威嚇する。コアの隣にソアとヒオも並ぶ。巨大アリのほうは……子供？　巨大アリに比べるとかなり小さいアリが結構な数、姿を現す。そのすべてに黒い模様がある。

なんだか不快感だけでなく嫌悪感も覚える。とりあえず、俺は俺ができることをしよう。乗り移っているなら除霊だ。え〜っと……無理、除霊のイメージなんて思い浮かばない。除霊のイメージって他に、他に……。

巨大アリが、牙を打ち鳴らす音が広い空間に響き、何とも言えない恐怖感が広がる。

ガチガチガチ。

……怖いな。

あっ、一つの体に二つの存在があるってことか……乗り移るってそういうことだよな？……一つの体に、本体以外の存在が無理やり入り込むのだから……そう考えると、問題の場所は心でいいかな？　心が何かに乗っ取られて、あのアリ自体が表に出れない状態になっている。

よし。

心ってどんなイメージだ？……なんでもいいな。空間に閉じ込められる……もっと簡単に、動けないということは、あっ、縛られたアリをイメージしよう、で、その縛ったものを燃やす、……駄目だ切ろう。切って、自由に空間を移動できるようにイメージしよう。

「呪縛解除」

巨大アリと、その周囲にいる小さいアリの周りに、光の輪が現れた。そのまま覆うように光の壁が生まれ、光がアリ達に注がれると、黒い模様が徐々に薄くなっていく。プチっという音とともに、光が消えると、模様がなくなった巨大アリと小さいアリがそこには居た。

良かった、小さなアリ達も模様が無くなっている。

それにしても本当に成功したのか、いや、よかったのだが。……と、いうことは本当に何かが乗り移っていたのか？　この世界の呪いは乗り移ることもできるのか……こっわ〜。

様子を見ると、巨大アリがこちらを見ている。先ほどまでの威嚇もなくただ、こちらを……俺を見ているようだ？　巨大アリが、こちらに少し近づくとコアが威嚇する。

止まった巨大アリは……なんとなく困惑している雰囲気を感じる。コア達や親玉さん達といると雰囲気を少しだけ読めるようになった。まだまだ意思疎通は難しいのだが。

巨大アリに、俺から近づく。なんとなくそのまま、頭を撫でて……お〜陶器のように冷たくてつるつるしている。ざらざらした印象があったのだが、面白い。ついつい撫でまわしてしまった。

巨大アリがもっと困惑していたとか俺は知らない。

46. 洞窟の奥……きれいな湖。

巨大アリと洞窟を散策中。最初の印象とは異なり巨大アリはおそらく優しいのだろう。洞窟内の石に躓いた俺をさりげなくフォローしてくれた。

ここにきて運動能力が格段に上がったのだが、なぜか躓く回数は減ってくれない。運動能力とは関係ないのだろうか？　躓いても、まだ石がある時は救われる。何もないところで躓くと、ちょっと傷つく。まぁ傷つく回数が多くなると慣れるが……ハハハ、慣れたくはないが。

巨大アリに、洞窟内を誘導されながら、おそらくこの洞窟の一番奥に向かっているのだろう。意思の疎通は無理なので信じるしかない。コア達も一緒だから大丈夫だろうという、安心感からついて来ているが……本当にどこへ向かっているのだろう？

巨大アリの子供達は天井や壁を伝ってついてくる。子アリ達をよく見るとちらちらと俺を見ているようだ。何とも、面白い一団だな。巨大アリより小さいから子供だと思ったが……女王アリに働きアリかな？……確かめようがないが、普通は一つの巣に女王アリと働きアリだよな。ここでも、それは通用するのだろうか？　まぁ特に問題になることでもないから、いいか。

連れてこられた場所は洞窟の一番奥の空間だったようだ。暗くて見えにくかったので、光の玉を増やしてあたりを照らす。どうやら最奥は湖のようだ。ただ、これまた呪いの影響が色濃く残っている黒い湖だが。本当にこいつは！　手を湖にかざして「浄化」を施す。

ここに来るまでに、巨大アリと働き……子アリの方が俺的には気に入っているので、子アリでいいか。アリ達の何とも言えない必死さが、可愛かった。昆虫にも可愛らしさがあるのは、親玉さん達で経験しているが、異世界の巨大昆虫は何とも愛嬌がある。

そのためだろう、呪いを返すイメージが自然に倍になっていた。申し訳ないが俺のムカつき分も追加している。

術返しが、役立っているのかは不明だが、呪い本体が弱って影がなくなるとうれしい。ついでに森全体にいきわたるように「呪縛解除」、他にも乗り移られているモノ達がいるかもしれない。少しでも自我を取り戻してくれるといいが。まぁ、これは自己満足だな。

この森にはアリ達のように、呪いが乗り移っている魔物や動物が、まだ居るかもしれないな。……考えると心配になるが、俺は一人しかいないからな、できる範囲で一つずつ確実に対応していこう。

それにしても、目の前に広がる光景に息を呑む。浄化され現れたのは、テレビで見た青い洞窟のような、青く輝く湖だった。湖自体が光っているように見えたので、明かりに使っている、光の玉を消してみる。やはり湖の底から、柔らかい光が溢れてきている。湖だけの光になったことで、何とも言えない幻想的な雰囲気だ。洞窟の雰囲気もプラスされて神秘的な場所に見える。

ゆっくり見ていたいが、森の探索をしなくてはならない。今日は調味料を探したいのだ。また、来ようと心に決めて洞窟探索を終わる。

巨大アリが一緒についてくる……え？　どうしようか一瞬迷ったが、家に来ても特に困ることも無いので一緒に洞窟を出る。

目の前に親玉さん登場。もしかして、待ち構えていたのか？　なぜ？　巨大アリと親玉さん。一瞬にして殺気を纏う両者。

「イヤイヤ、ダメでしょ」

二体の四つの目いや、親玉さんには目が六つあるので八つの目で見つめられる。喧嘩はダメ！　仲良くしてくれ。

なぜか巨大アリと親玉さんが二匹でどこかに行ってしまう。大丈夫かな？　ちょっと不安を感じたけど、大丈夫だと信じることにした、これ以上俺にできることもないしな。……喧嘩をしたとしても、止められないでしょ！　無事に二匹が帰ってきますように、祈っておこう。

で、洞窟から少し離れた場所に、拳大の黒の果物を発見。

なんだかすごい色だな、真っ黒だ。そして、この果物は俺の手が届くところにも実っている。初めてこの世界に来て自分の手で収穫をする。この世界って俺の背では届かないものが多すぎる！

ヒオを見て食べるジェスチャー。頷いてくれたので、皮をむいてかじってみる。

「しょっぱ！」

甘い実を想像していたのでびっくりだ。しかも、ほしかった塩を舌の上で感じた。そういえばここは異世界だった。日本の塩をイメージしていたが、果物の中に塩……複雑な気分だ。ただ、ようやく待ちに待った調味料、しかも塩！　黒の果物を収穫していく。手に届く塩果物は収穫終了……あとは、手が届かない、残念。

帰ってきた親玉さんが、収穫のお手伝いをしてくれた。ありがとう。

親玉さんも巨大アリも怪我などはないようだ、話し合いで終わったのかな？

47. アンフェールフールミ。

—巨大アリ視点—

森を襲った魔眼魔法。はじめのうちは、それほど脅威に感じることはなく、それまでと同じ時を過ごした。

だが、しばらくすると魔眼の力が森へ悪影響を見せ始める。森の中に異様な力が現れ、川が消え、木々が黒く変色し、木の実が毒になった。

森の王達は魔眼の力に対抗するため、人へと攻撃を開始。だが、なぜか攻撃が森から出ると消えてしまう。何度なく繰り返したが、ことごとく攻撃は消された。その間も森の異常は広がり続け、気が付けば魔眼の力が、森を覆い尽くすほどになっていた。

意思の弱い魔物達は凶暴化していき、敵だけでなく味方も襲う存在に変貌した。どこからともなく新たな魔物も現れ、森は完全に以前とは異なる姿となった。多くの種が魔眼によって消えていき、残った者達も苦しめられ続けた。

いつの間にか森の王の半分は姿を消し、残った王達はその姿を大きく変えていた。森の王の力が失われると、魔眼魔法の力は増し森の浸食が早くなった。そんな悪循環に襲われた森の中、仲間を守るために私は、戦った。

だが、いつしか私もその意思を闇に沈めることになる。ただ、最後の意地で私は自分と生き残った子供達を、聖なる湖のある洞窟へ封じることに成功した。これで少しは、森を壊す存在になることを、遅らせることができる。ただの時間稼ぎにしかならないことは、分かっていたが。

長い間、闇に沈んでいた意識が光に導かれる。暖かなその光は、私に纏わりついていた魔眼魔法を無効化してくれた。

驚きの中で見たのは、敵であるはずの人間。

とっさに攻撃を繰り出しそうになるが、人間を守るように立つフェンリルの王を見て、あまりのことに固まった。フェンリルの王が人を守るなど。

私は困惑し子供達を確認したが、私と同様に驚いていた。そして、子供の数は私が覚えている数よりも、はるかに少なかった。それでも助かった子達がいたことに喜びを感じた。

人間が私に近づき私の頭を撫でた。……私を撫でる人間が存在することに、また驚いてしまう。固まった私を撫で続ける人間……どうしよう、反応に困る。

人間から先ほど感じた、暖かい魔力が流れ込んでくる。あぁ、この者が我々を助けてくれた存在かと理解した。憎き人間、だがこの者は違う。

フェンリルの王が守る存在が、ただの人間のわけがない。私の頭を平然と触ってきたのだ、考えれば分かることだな。

私と子供達を守ってくれた、森の王が認める存在は神だろうか？　私の主にもなってもらえないだろうか？……いや、命を守られたのだから、もうすでに私の主だ。

主を聖なる湖に連れていく。だがその場所は、見るも無残な状態になっていた。

悲しく感じ、目を閉じた。一瞬目の前が白く輝く、何事かと目を開けると……。目の前には以前の姿に戻った湖が……。

主がこの湖を元に戻してくれたようだ。この湖は、この森全体の水を司る龍が住む場所の一つだった。龍の姿は見えないが……きっとどこかにいると信じたい。

洞窟を出ると、森は魔眼魔法の影響を受ける以前の森に少し戻っていた。

そして……チュエアレニエ。

その姿を見たものは必ず殺されるという、死の番人がいた。

森を守る王の一つではあるが、昔から相性が悪いのだ。その姿に殺気が溢れてしまう。奴もどうやら同じようだ。

が、主からの一声でチュエアレニエから殺気が一瞬で消える。驚いた、あのモノが……いや、主はそれだけの存在なのだろう。

まさか、チュエアレニエと話すそんな時代が来るとは。

48. 塩づくり……一つ目はどこまでも。

新しい巨大アリを仲間にして家に帰る。

洞窟に居なくていいのかと気にしたが、巨大アリは気にした様子が見られない。問題ないのだろう。

チャイが巨大アリを見てしっぽを巻いた。……え？　怖くないけど、大丈夫だよね？

巨大アリを見ると、何か反応をしているわけではないので大丈夫だろう。まだ、雰囲気を完全には読めないけど問題がないと信じる。

チャイ大丈夫だよ、仲間だ。

巨大アリ、言いにくいので名前を決めた。一方的だがいつものことだ。

「朱悧《シュリ》」

気に入ってくれたと信じたい。

目の前に広がる、切り株畑も何とかしないと駄目なのだが、ごめん後回しだ。

今日は何より、塩味がする果物を確かめたい。それは果汁から塩のような結晶ができるかどうかだ。調味料として使うなら、調整しやすい結晶がいい。なので、キッチンへ一直線。

みんな今日は、自由にしていいよ。……いつも自由だけど。

収穫した数は全部で六五個。結構な量だけど、塩として使えるので問題なし。保存部屋もあるしね。

果物を切って、銀の鉱石で作ったボールに、布で濾過《ろか》した果汁を溜める。果汁が思ったより多く、五個でもそれなりの量になった。とりあえずは五個で試すか、大量に挑戦して失敗したら、ダメージがデカい。

銀の鉱石で作ったボールを、魔法で少しずつ温めて水分を飛ばしていく。水分が少しずつ蒸発していくと、少し汚れが気になったのでもう一度濾過をする。焦がさないように混ぜながら、少しずつ、少しずつ、水分を飛ばして……シャーベット状の塩が完成した。

少し手に付けてなめてみると、希望通りにしょっぱい。はぁ～、ちょっと感動だ。

綺麗な布で、もう一度濾過して残ったものを風魔法で乾燥させた。ようやく塩を手に入れることに成功した。まさか果汁から取れるとは、さすが異世界、想像を超える。

シュリと出会って塩を手に入れて、今日はいい日だ。

金の鉱石に魔力をいきわたらせる。イメージするのは蓋のついた入れ物。

「変形」

作った塩を入れて、残りの果物を塩に変えるため、一心不乱に頑張った。

最終的に入れ物四つ分の塩が出来上がった。うれしい、念願の塩だ！

魔法の微調整が何気に上達した。

塩を焦がさないように、相当集中して魔法を使い続けたようだ。気を抜くと、すぐに温まりすぎて焦げができたからな、失敗は一回で十分だ。目の前の人参ってやつだな。

塩のピリッと効いたお肉を食べながら至福の一時。いつものお肉が数倍うまくなっている。

次は卵がほしい。マヨネーズ、ニンニクもいいな、……出汁、ほしい物はまだまだある。

……欲張らない。一つ一つクリアしていこう、絶対！


外に出ると切り株が見当たらない。……あの大量の切り株はどこに行った？

⁇

見渡すと開拓した一角に穴が空いている。巨大な穴だ。そこから顔を出すシュリ。

……あぁ、アリだもんね、巣穴か。

切り株があった……がなぜか移動をしている。よく見ると、切り株を運ぶ子アリ達を発見。そのまま見ていると、穴の中に運んでいる……使うのだろうか？　ただ、仕事を減らしてくれた、ありがたい。切り株をどうしたらいいか、分からなかったのだ。

一つ目達が穴の開いた周辺を木で囲っている姿が見える。雨が入らないように屋根まで作ろうとしているみたいだ。外での仕事もできるのか、すごいな。

……ちなみにその知識は、どこから手に入れたのだろう？　俺ではない。

49. 第四騎士団　団長。

―エンペラス国　第四騎士団　団長視点―


俺が団長をする第四騎士団に王から勅命が下った。森の調査だ。調査とあるが、問題があった場合はできるだけ解決してこい。それが今回の王からの命令だろう。

第四騎士団は、元から森との接触が多い部隊だ。基本は魔物の捕獲、討伐だが森の調査も仕事の一つに入る。今回、魔石に異常があると騒いでいるが、通常の調査をすればいいだろう。俺にとって周りが騒ぐほど、今回の仕事に不安はない。

「森の中心。王の住処となる場所が問題かもしれないのにか？」

友人の言葉に、笑ってみせた。

森の王など、我が国の王にとって取るに足りない存在だからだ。

森から王が消えてすでに数十年と聞く。その存在の何が恐ろしいと言うのか。友人は少し、……心配がすぎる。

魔石にヒビが入ったという情報は、騎士の間でも瞬く間に走り抜けた。しかしよくよく聞けば、魔石のヒビはほんの小さいものだと言う。魔石の大きさは通常のものとは比較にならないほどに大きい。一メートルある魔石なのだ、それにほんの小さいヒビなど、些細なことだ。

それに魔石を見つけた当初は、あちらこちらにヒビが見られたと文献にも書かれている。いまさら何を恐れているのか。王が生きていて反撃していたとしても、それを抑え込めばいいだけの話だ。森の王など、過去の産物にすぎん。

魔石にヒビが入った当初は、不安を感じた者も多かった、それは騎士も同じだ。だが、そのヒビがごく小さいと聞くと、恐怖を感じる者は少なくなり、怖がるものをあざ笑うような風潮になった。当たり前だ、我が国は世界最強の力を有しているのだから。

「そうだといいがな……」

気弱に笑う友人を、俺は心配がすぎると言いながら、弱虫だと内心あざ笑った。

森に入る山道、森に踏み込む時に使用するいつもの道だ。だが、俺は最初の一歩を踏み出せずにいる。後ろを見ると、部下達の顔が強張っているのが分かる。

外から見える森に異変はない。そのはずなのだが、森からは何かを感じるのだ。それが心にじわじわと恐怖を生み出している。……おかしい、何も変わらないはずなのだが。

奴隷部隊に調査を命令する。その間、通常では寝る場所などの準備を始めるのだが、誰もがその準備をしようとしない。何かがこの場所での準備を拒否している。

奴隷部隊が森から戻ってくる姿が見えた。森の入り口周辺は、問題なしとの報告に、一つ大きく息を吸って吐く。心が晴れることはないが、調査は進めなければならない。重い足を一歩前にだし森へ侵入する。

友人の憂い顔を思い出す。あの時、しっかりと話を聞いていれば……。

50. 第四騎士団　団長二。

―エンペラス国　第四騎士団　団長視点―

森の中は、以前と同様に静寂が広がっている。ときおり魔物の声がどこからともなく聞こえるぐらいだ。そう、見た目も聞いた感じも以前と変わらない姿に見える。

そのはずなのだが……体に纏わりつく不快感がぬぐえない。奴隷部隊を前衛に調査隊として配置、後方部隊として第四騎士団が続く。少しずつ森の中に入って行く。

どれほどの時間がたったのか。不快感が続き、それは徐々に恐怖へと変わっていく。森の奥に足を進めるだけで、恐怖がどんどん積み重なり緊張感を生む。悪循環に陥っている。何度、心を落ち着けようとしても、なぜだかまるで、意味がない。

今までの調査で魔物の数は四匹。四匹目は今、部下達により過剰な攻撃を受けている。恐怖による緊張感からか、連携が取れず、ただやみくもに攻撃をしている状態だ。

ここに来て、森の変化が目に見えた。魔物の数が少なすぎる。この場所であれば、一〇匹前後の魔物が出て来るはずだ。何より現れた四匹は、我が国が魔石の実験で作り上げた魔物だ。魔物を襲うように変容させ、人は襲わないはず……。

どうなっている？

やはり、森の中心に何かあるのか？　だが、この心理状態では、森の中心に近づくことはできないだろう。と、いうよりこれより奥に進めるのか？

四匹目の魔物が討伐された。一つ息を吐き出す。疲れが蓄積され部下達の、緊張感が緩む。ここでそれは命取りになる可能性がある。

「休憩」

ひしひしと恐怖を感じる場所で、休憩と言われても無理かもしれないが。だからと言ってそのたびに森から出ることもできない。仕方ないがこの場所で休憩だ。少しでも気持ちを落ち着けないと、部下達も暴走しかねない。

奴隷部隊は、そのまま見張り役をするように指示を出す。生まれた瞬間から奴隷だった彼らに、表情は一切ない。奴隷に心は必要ないからな、おそらく恐怖心もないのだろう。今はそれが羨ましい。

部下の状態を確かめるために、周りを見回す。その時、光が森の中を走り抜けた。

一瞬のことで、何が起きたのか分からなかった。本当に一瞬、何の前触れもなくだ。防ぎようもない。

あちらこちらで、悲鳴が上がる。たった一瞬、その一瞬がそれまで以上の恐怖をたたきつけた。何かをされたわけではない、自分と部下を見る。傷一つない、倒れている者もいない。なのにその一瞬で、心臓がありえない速さで動き、額からは汗がしたたり落ちる。

手に武器を持ち見渡すが何も起こらない。そんな恐慌状態の時に、大地から空に向かって光が広がる。

どこからともなく、叫び声が聞こえ誰かが走りさる音がする。あわてて声を出して静止しようとするが、声が喉から出てこない。足がふらつき、その場で膝をついて全身で呼吸をする。

落ち着かなければ、落ち着け！

何とか足に力を入れて立ち上がる。周りを見ると恐怖の顔で倒れている者、膝を抱えて蹲《うずくま》っている者もいる。

大きく深呼吸して撤退を下す。

森から早く、出なくては。森より少し離れたところまで移動する。進みは微々たるものだったが、今は逃げるように誰もが森から走り出る。

「団長、奴隷部隊がいません」

周りを見ても、どこにも奴隷の姿が見えない。魔石で奴隷紋が強化された奴隷達は、かなり強固に国に縛り付けられている。その奴隷が逃げた……。

どうなっている？

51. アリって肉食なのか……カレンもか。

森の開拓が思わぬ状態で進んでしまった。まさかシュリが、大量にあった切り株を持ち去ってしまうとは。あれはいったい何に使うんだろう。

シュリの出入りしている穴を見る。俺が余裕で入ることができる大きさだ。興味本位で覗いてみる……深い。ただの穴のはずなのに、何気に寒気を感じるのだが、気のせいか？

コア達が、今日も獲物を捕獲してきてくれた。ありがたい。

それを解体しているのだが、今日も数が多い。魔法が使えなかったら大変だろうな。コア達には、今日狩って来たばかりの獲物の中で一番大きいモノを渡す。もちろん血抜きをし、子鬼達が毛皮を剥いだモノで内臓付だ。

最近気が付いたのだが、解体していると、毎回いつの間にか後ろに子鬼達が居るのだ。人形だからだろうか気配を感じない。時々ビビる。

最後の獲物を解体しようとするが……なぜか無い。

「？」

最後にまだ一つあったはずなのだが。あった場所から引きずったような跡が……シュリの穴に続いている。アリ達って肉食なのか？　穴を見ていると子アリ達が血まみれで出てきた。……シュールすぎる。静かに視線を逸らした俺は悪くない。

切り株がなくなり、デコボコの状態の広大な広場。さてこれからどうしようかと思案する。子アリ達が穴からどんどん出てきて土の中にもぐりだす。

「⁇」

何をするのかと様子を見ると、子アリ達は土の中で大移動を始めた。

「⁇」

そのまま見続けると土がどんどんと耕されていく。そういえば日本でも、土を耕す昆虫としてアリは活躍しているな。

それにしても……土の中での移動スピードが速すぎる。でも、ありがとう。

耕したが、次はどうするべきか。日本では野菜を植えるのが定番だが、ここでは何もない。そういえば芋系の野菜ってここでは見かけないな。

土の中のことはシュリに聞くのが一番かな？……シュリさんはどこに？　穴から出てきたシュリの顔に血が……気にしない！

シュリの前の土に、土の中になる実を描く、これぐらいならきっと分かってくれるはず……ただの線と丸だし。その丸を口に入れるジェスチャー付き。

「土で育てる野菜ってどこかにある？」

頭の中では芋、サツマイモ、大根などが思い出される。種、もしくはその物でもいいのだが。野菜も、元をたどれば野生にあったものを品種改良している。森にもどこかにきっとあると思うのだが。

シュリは少し首を傾げている……伝わらなかった？　やはり無理？　だが、おもむろに子アリを連れ出かけて行った。あれ？　子蜘蛛達も一緒だ。

伝わったのだろうか？　伝わったと信じたい。でも、無理しないでいいからね。


カレンが帰ってきた。この三日、帰ってこなかったので不安だった……のだが。

見かけない間に成長したようだ。でも、その成長はおかしい！　なんで三倍ぐらいの、大きさになっているのだ？　三日前はまだ、小鳥サイズだったはず。

さすがにこの大きさの変化は、親玉さんを抜いて一番だ。親玉さんは日々少しずつ成長して、今はコアと同じサイズ、いや、コアを抜いたか。どこまで成長するのか実はビビっている。子蜘蛛達もしっかり成長しているしね。

……まさかシュリも成長するのか？　今は親玉さんより少し小さいぐらい。それが成長……不安だ。

カレンは丸いボディに羽を持つ……【不思議な生き物？】と帰ってきた。丸まった毛糸玉に羽が生えている、そんな不思議な……なんだろう？

羽が生えているのに羽では飛ばずにふわふわ浮いている。その羽の意味はどこにあるのだ？

とりあえず、呪いを感じるので「浄化」をしておく。まだまだ呪いは多い。いい加減に呪うのを諦めないだろうか？

【不思議な生き物？】の黒くよどんでいたボディが、きれいな深い蒼になった。

綺麗になったが……色の綺麗な毛糸玉になっただけだな。

新しい仲間ができたようだ。種類判別不可能、見た目から「ふわふわ」と名付けた。

52. 芋を植える……魔物から石。

シュリが数日後に帰ってきた。ありがとう。……随分大量だね。想像以上です。

まずは芋みたいなものが一〇種類、一〇〇個近く。食べられるの？　ジェスチャーで聞いてみた。子アリが首を縦に振る。全員で一斉に首を振るのはちょっと……。

とりあえず、芋は耕した畑に植えよう。畑と言えば肥料だと思い、有機肥料を作ってみた。これは、無理やり親父につき合わされた知識が役に立った。

大きめの穴を掘り、木枠をその穴の上に設置する。その中に生ごみ、枯葉、草などを入れて踏んで固める。また枯葉や生ごみなど、どんどん入れていき、踏み固める。枯葉が乾燥していたので少し水分を足す。森から土着菌と言われるものを探してきて混ぜ込む。異世界だったので土着菌があるか不安だったが見つけた。たぶん……大丈夫だろうと。で、ここで発酵を半年……待てないので時間を一年分早送りしてみた。魔法はいいね、肥料作り完成。そしてあれは土着菌で間違いなかった。色々な意味でよかった。

土に肥料を混ぜ込みながら畝《うね》作り。育つか不安だが何事も挑戦だ。

芋を、サイズを見ながらカットして植えていくと、畝の数が五〇個にもなった。持って来てくれた物を余らせるのは悪い。だから頑張ったが、五〇個も畝を作ったのに、まだまだ耕した場所には余裕がある。広すぎないかな？　畝の数多すぎないかな？

次に何か分からないが種を植える。その前に、これも食べ物かを確認する。

悪いけど子アリの中で一匹だけ代表を決めてほしい。全員で一斉に頷くとか、やはりちょっと……アリだし、見ているとちょっと怖いから。

種を植えて、植えて、植えて……まだある。植え終わるまでに半日もかかった。おかしいな、目の前に広がる畝の数は一〇〇個。思っていたのと全然違う。

目指したのは家庭菜園なんだが、目の前には農場が広がっているように見える。どこで間違ったんだろう？

シオン達が獲物を銜《くわ》えて帰ってきた。いつも思うが、自分よりも大きな獲物をよく持ち運べるよな。あれ？　シオンちょっと空中に浮いていないか？　気のせいかな？　いや、確実に浮いているのが見える……まぁそんなこともあるか異世界だし、魔法もあるし。

最近スルーに磨きがかかったような気がする。

解体をしていると、二匹の獲物がシュリの家に運ばれていった。うん、ご苦労様。子アリ達もありがとう、しっかり食えよ。

子蜘蛛さん達はちょっと待って、最近焼いた方が好きだもんね。

コアやシオン達は血抜きした獲物が好きなようだ、血抜きすると肉の味が格段にうまいからな。

解体中、また獲物から石が出て来る。全ての獲物から出るわけではないが、九割ぐらいの確率で石がある。

これ、何だろう？　日本では動物の中から石は出ない。出ないよね……出ないはず。出たら、病気だろう、結石とか。病気？

……違うな、石がある場所は心臓に近い。心臓に石……。魔物の心臓に石……さっぱり分からない。ん～今までの石も、貯めてあるから結構な数になっている。何かに使えないかな？　いい加減邪魔だ。

53. 魔物の石……バーベキュー。

獲物から出てきた石を見つめる。魔物とはいえ動物、動物から石……まさか呪い関係か？　今まで考えたこともなかったが……。浄化をしてみたが変化はなし、安心はしたが……何も解決はしていない、これは何？　どうしようかな。

とりあえず、石に魔力を通してみる。びっくりした！　まさか、一瞬で石に魔力が行き渡るとは。岩よりもかなり早いスピードだ……だが、使い方が分からない。もう少し色々としてみよう。

岩みたいに魔力を溜められるだろうか？

魔法を自動で動かすには、魔力を溜めることが大切だと、少し前に理解した。

一階トイレの自動洗浄がいきなり動かなくなったのだ。壊れたのかと調べてみると、いつもは感じる魔力を感じない。もしかしてと思いトイレの部屋全体に魔力を溜めてみたら大正解。自動洗浄が動き出した。食料の保存部屋でも自動で動く魔法を使用している、動かなくなったのがトイレでよかった。食料の保存部屋だと食材が腐ってしまったかもしれない。運が良かったと言える。

さて、石を手に持って魔力を注ぐ、注ぐ、注ぐ……石はそれほど大きくないが、結構な量の魔力が溜められるようだ。

ふわっと光が一瞬溢れ出す。

おぉっ、びっくり！

石を見ると緑のきれいな石に変わっている。岩とは違う反応だな、岩は魔力を溜めても岩だった。魔物から出る石は黒っぽい色をしていたんだが。今は透明感がある緑の石になっている。何がどうなっているのか、正直さっぱり分からない。

もう少し魔力を注いでみよう。ん？　魔力が入らない。満タンってことかな？

とりあえずほかの石にも魔力を込めてみる。

目の前には、緑の石、赤い石、濃い赤い石、水色の石、青い石。

何とも色とりどりの石が、出来上がった。何か役割でもあるのかな？……色が違うのだから、何か違いがあるのだろうが、どうやって調べるかが問題だな。

そういえば溜めることはできたが、出すことはできるのか？　やってみよう……うまくいかないな。

ん〜使い方がいまいち分からない。さて、どうしよう？

ん？　コア？

コアが口から火を噴《ふ》いた。……ビビった、急にどうしたんだろう？

というか、コアってば魔法が使えたのか。そうかなっては思ってはいたけど……。

そうか、すごいな〜。

……ところでなぜ今、火を噴いたんだろう？

次にコアは、赤い石を前足で押さえて、もう一度火を噴いた。威力が倍増している、なんか恐ろしい勢いだ。

……そして火を噴く理由が分からない。何か俺、コアにしたかな？

……？

なぜかコアは、同じことをもう一回繰り返した。きっと何か意味があるのだろう、落ち着いて考えなければ。……いつまでも、隣で火を噴かれそうだ。

深呼吸した時に、コアの手が石に置かれているのが見えた。もしかして石で魔力が倍増しているのか？

ちょっと実験。空のコップを用して、赤い石を持って「飲み水」魔法を発動させる。コップに現れた水の量はいつもと変わらない。

あれ？　おかしいな、倍増するわけではないのか？

俺の様子を見てだろう、コアが水色と青い石を、前足で俺の前に移動させてきた。

もしかして、火は赤、水は青か水色ってことかな。水色の石を持って「飲み水」魔法をもう一度発動。

……いつもの五倍ぐらいの水が現れた。

二倍ではないのか、周り水浸し。当たり前だ、一回目の魔法でコップはすでにいっぱい、そこに追加で注げば溢れる、しかも五倍だ。……馬鹿か俺は。

「蒸発・クリーン」

溢れた水とコップの水を蒸発させて、汚れたところを綺麗にしておく。

これで、証拠隠滅完了！

とりあえずもう一つの青い石を持って「飲み水」魔法を再チャレンジ。

ありえない量の水が現れた。というか、水色の石でも、コップに収まらない量の水が現れたのに、どうしてまたコップに水を入れようとしたんだろう。……とりあえず素早く証拠隠滅！　何だか疲れたな。

でも、とりあえずは、獲物から出て来る石が魔法を強くすることは分かった。しかし魔法の強化って、何の役立つんだ？……ん～？　今のところ、魔法を強化したいと感じることはないな。

とりあえずコア達が必要ならあげよう。狩りをする時に役立つかもしれない。あっ、戦闘などには役立つのか。攻撃力倍増！……恐ろしい。

岩を拳ぐらいの丸い形にして魔力をこめて熱の魔法をかける。同じものを五〇個作成。岩の加工はお手の物だ。銀の鉱石を横幅一メートル、縦五〇センチのシンクの形に加工して、その中に作った丸い岩を敷き詰める。これで、バーベキュー台の準備が完了だ。

金の鉱石を細長く加工。そこにカットしたお肉を刺してお肉の準備完了。

シンクの上に手をかざして、発熱している炭をイメージ。

「発熱」

様子を見ると、どうやら成功したようで、熱を程よく感じる。作った丸い岩が炭のように継続して発熱しているのだ。希望通りの出来に満足だ！

肉の刺さった櫛をバーベキュー台に載せていく。焼けてきたら塩を振ってもう一度。

うまい……いつもは火の魔法で、なんとなく焼いていたけど、やはり形も重要だと思う。

これからは調理台も色々と考えていこう。……タレがほしい、調味料もまだまだほしい。頑張って森を探そう。

匂いに誘われたのか、調理したモノに興味を示さなかったコア達とチャイが焼けた肉を見つめている。

塩を振る前の肉を岩のお皿に載せてあげた。迷っていたが、どうやら気に入ったらしい。

親玉さん達は相変わらず焼いた肉が大好きだ。蜘蛛として正しいのかは知らない。

シュリは生肉派だ。ただ、子アリ達は最近、血抜きしたモノを要求するようになった。子アリ達は、シュリに怒られないかな？……まぁ、大丈夫だろう。きっと。

54. ある国の騎士　二。

―エンペラス国　第一騎士団　団長視点―


王の謁見《えっけん》の間は静寂が広がっていた。その様子を見ながら今の報告を考える。

第四騎士団は異様に早く王城に戻ってきた。しかも皆、その表情はこわばり誰もが口を開くことなく沈黙のまま。

第四騎士団の団長は、そのまま謁見の間に招集された。他の騎士の団長、副団長も同時に招集がかかる。何事かが起こったのは分かったが、まさか……。

「奴隷が逃げた？　死んだのではなく逃げた、間違いないか？」

王の側近が第四騎士団、団長に聞き直す。答えは肯定。

部屋の中に静寂が広がる。

そんな中、森の異変と魔物の異変が続いて報告される。

きっと誰もが想像すらしていなかったのだろう。魔石のヒビで、ビビっていた者も落ち着きを取り戻し、恐怖心や異変を考える者は少数だった。その小数を馬鹿にする雰囲気もあった、そんな中の報告だ。

どの顔にも森が脅威であると認識した様子が窺える、今さらだろうが。

変化は確かにあった、それを自分達のいいように解釈しただけだ。森はすでに、自分達の国のものだと認識していたから、判断を鈍らせた。

しかし、今回の報告で分かったこともある。奴隷が逃げたのは、魔石によって強化された奴隷紋が無効化されたためだろう。我々の国が森に放った魔物は、魔石によって歪ませた本能が復活したためだと考えられる。森の異変については、まったく分からないが。森以外のことは、どれも魔石が関係している。

ガタンと部屋に音が響く。王が、いらただしげに立ち上がった音だ。

無言で部屋を出ていく姿に、相当な怒りが見える。森が手に入る一歩手前でまさかの事態、相当な怒りなのだろうな。

王が、謁見の間を出たのを見届けてから、安堵の息を吐く。友人である、第四騎士団の団長の姿を見る。彼も大きく息を吐いて緊張を解いたようだ。

今回、第四騎士団は任務を失敗している。王は失敗を許さない、罰として殺される可能性もあったのだ。

友の肩をたたき、謁見の間からともに出る。

「無事で何よりだ」

俺の言葉に、友人は苦虫をかみつぶしたような顔をする。珍しいな、表情が顔に出るとは。

「森はどうなっているのだ?」

それは俺も知りたいことなのだがな。

「見た目は変わらなかった、だが感じたことのない恐怖が……」

森を思い出したのか、少し声が震えている。

それほどの恐怖を感じたということだろう。

王はどう判断をするのか。このまま引き下がることはないだろう。おそらく森に戦争を仕掛ける。

その時に魔石を使うのは分かっている。だが、今回の報告ではその魔石が関連していることが問題になっている。このまま魔石を使い続けることが正解なのか。だが、王にとって魔石は王の力そのもの。魔石を使わないという判断はしないだろうな。

「王以上の存在は、どんな存在なのだろうか？」

俺の質問に友は驚いた顔をする。

なぜ驚く？

まさか森の王が反撃をしていると考えているのか？　それならもっと早くから、反撃しているだろう。

森には王以上の、森の王達以上の力を持つものがいる。いや、現れたのかもしれない。それはいったいどんな存在なのか。

55. ふわふわの特技？……とりあえず作ろう。

醤油《しょうゆ》がほしい。が、醤油は大豆がないと、どうにもならない。

無理だよな〜。

確実に手に入る物で、作れる調味料を考えるか。

湖があるな、あそこって魚が居たりしないかな？　魚がいると魚醤が作れるはず。確か、魚と塩を混ぜて発酵させるってテレビで見たような気がする……。魚醤はちょっと癖のある香りと味だが、俺は好きだ。魚がいたら、試して見ようかな。

とりあえず明日は湖だな。

湖には、ヒオとクロウが一緒に来てくれるようだ。ありがたい。


到着した湖は、太陽の光が反射して、とても綺麗だ。朝から気分が落ち着くな。

で、問題は湖に魚がいるかどうかだな。

馬鹿か？……上から見て分かるわけがないだろう。

どうすればいいかな？　竿？　どうやって作るんだ？　竿は木でもいいかな、糸は三つ目にお願いして。あとは針とエサ……。針……難しい問題だ。

考え込んでいると、目の前にふわふわが飛んできた。

朝、出かけようとすると、どこからともなく現れて、俺の周りをくるくると落ち着きなく飛び回っていた。なんとなく、はしゃいでいたように見えたのは俺の見間違いだったのか、ふわふわの表情は読みにくい。どうしたのかな？　っと思って見ていると付いて来たのだ。

特に問題もないので一緒に来たが、ふわふわ、ふわふわ、ふわふわ。えっと、目の前を飛び回って少し邪魔なのだが。

もしかして、何かを訴えているのかな？

……ごめん、やっぱり表情を読み取るのが難しい。

「ふわふわ、ごめん。俺、魚が取りたいから」

俺の言葉に反応したのか、なぜかふわふわがくるくると回って羽を動かした。

おぉ～羽が動くところを初めて見た。

で、湖の沖の方に飛んでいき……。

えぇ！

目の前でふわふわが、湖に飛び込んだ。大丈夫なのか？

湖の中が青く光って、何かが湖から放り出された。俺の目の前に……。

「おぉ」

……なるほど、ふわふわは魚を捕るのが上手なのか。

俺としては小さい魚で、魚醤づくりをちょっと試そうと思っていたのだが、目の前でビタンビタンと跳ねるのは、五メートルぐらいはある巨大魚。

ふわふわが湖から出てきて、俺の周りをくるくる、くるくる。うん、これは分かる、はしゃいでいる。

「ハハ、ありがとう。助かった……のか?」

とりあえず魚をゲット! 塩焼きの魚も美味いよね。

巨大魚はその場で絞めて……場所が分からないので頭を落とした。内臓は苦手なので抹消。魔法で隅々まで冷やして時間停止。移動は、空中に浮かせて運んだ。魔法様様である。


家に帰ってさっそく魚醤づくりだ!

巨大魚を切って綺麗に洗う。初めてなので、先ずは六分の一で挑戦だ。

……やばい、塩の量が分からない。結構多いはず、魚の二〇%でぐらいで良いかな?

どうやって塩の量を量ろうかな。イメージイメージ。無理だ。無謀すぎる。仕方ない目分量で頑張ろう。

銀の鉱石で入れ物を作って、クリーン魔法で綺麗にしておく。準備完了。

魚を切ると血が出てきた、血は臭みになるのかな?……気になるので魔法で血を抜いておこう。次に、魚に塩をまぶして、腐ったら困るので、ちょっと多めに。

塩を追加で作っておいてよかった。塩果物を収穫して塩を量産しておいたのだ。調味料が塩だけだと減りが早い。

塩をまぶした魚を、入れ物に入れて……塩をちょっとだけ追加しておく。塩の量が不安だ。まぁ最初だからな失敗も覚悟の上！

蓋をして一年から二年放置する……さすがに、待てない。

魔法で強制的に三ヶ月後に時間を進める。入れ物を振って、もう一度三ヶ月後に時間を進めてから、中を確認すると魚の形が崩れて発酵臭がする。だが、まだ発酵が足りないようだ。数回時間を進めては中を確かめる作業を繰り返す。合計五回目が終了。

蓋を開けて……お、匂いが変わった。家で使っていた魚醤の香りより、優しい香りだが、成功したのかな。

布で綺麗に濾過をしていく。出来上がったのは、茶色い澄んだ液体の魚醤だ。

塩がちょっと多かったのか、ちょっとだけしょっぱい気がするが、成功の範囲だと思う。

お肉を焼いて魚醤をちょっと垂らして……久々の醤油味、まじ美味い。やばい。感動していると、何やら殺気を感じるのだが。

隣に視線を向けると、すごい目をしたコア達がいつの間にか並んでいた。

……いや、塩は体に悪いだろう？……駄目だと……怖すぎる。

焼けた肉に、少量だけ魚醤をかけたモノを、コア達用のお皿に入れていく。……コア達の食いつきがすごい。というか怖い。目がやばい。次を焼くか。

カチカチと音がする方向に、視線を向けるとシュリが牙を打ち鳴らしている……シュリの分も焼くから、それは止めようか。

シュリが焼いた肉にかじりついている。初めて、生肉以外を食べるのでは？　っと少し不安に思ったが、問題はないようだ。安心してコア達に次のお肉を焼いていると、後ろが騒がしい。、振り返ると、シュリと子アリ達が肉の争奪戦をしていた。……両者共に容赦がない。

最初から焼いた肉を好んでいた親玉さん達は平和だ。……いや、いつの間にか、魚醤を勝手にかけて食べている。それに親玉さんが子蜘蛛達を何気に足で蹴散らしているように見える。……どうしてこうなったんだ？

魚の塩焼きは美味い！　ちょっと魚醤をかけても美味い！

久々の魚、川魚特有の臭みもない。ふわふわと一緒に、ちょっと他の仲間達から離れて平和に食事を楽しむ。けして隣に視線を向けないのが、平和に過ごすコツだ。あ～白ご飯がほしい。

56. 野菜を育てる基本……ちびアリ、ちび蜘蛛。

芋系らしき野菜を畑に植えてから気が付いたことがある。

この世界にも、四季はあるのだろうか？　四季があるなら、野菜を植える時期って決まっているはずだ……。

え～っと、この世界に来てからの、気温について考えよう。

おそらくだが、少しずつ暑さがましているような気がする。なので、夏に向かっていると考えられるが、この世界の夏が分からない。もしかしたら今が夏かもしれないし、もっと暑くなる夏があるかもしれない。

……困ったな。

芋系の野菜を育てているが、そこにも問題がある。

有機肥料は父に力が必要と、お小遣いにつられて手伝ったが、俺は野菜を育てたことがない。畑の手伝いをしたことも無い。水遣《や》りは手伝ったが、それも言われたとおりに撒いただけで役に立ちそうにない。

野菜を育てるのに、必要なことは何だろう……水まき、虫の駆除、肥料の追加……ぐらいか？　たぶん合っているはずだ、テレビで見た農業番組ではこれぐらいだったはずだ。たぶん、おそらく。

畑を見渡す……、俺だけでは無理だな。どう考えたって畑が広すぎる。

よし！　とりあえず岩人形を作ろう。

手伝いがないとさすがにこの広さは無理だ、やる気も無くなる。


家に帰って岩と魔物の石を持ってくる。

岩人形に水遣りをしてもらうなら、岩人形に魔法を覚えてもらって、石で強化すれば効率が上がるだろう、きっと。

魔法を使える岩人形が作れるかどうかは、俺次第だが……そこは何とか頑張ろう。

目の前には、水を強化する石が六つ、水色が三つに青色が三つだ。

その横に緑の石が二つ。

緑の石が、どの魔法を強化するのかはいまだに不明、色々実験をしてみたが、分からなかった。

だが、緑だ。きっと自然に関係をしているはず。

最後に透明の石、この石も、どの魔法を強くするのかは不明。ただ、綺麗な石なので使いたかった。

魔法を使えるイメージとテレビで見た農作業をイメージして、岩人形作り出す。その額に魔物の石をはめ込むと完成だ。

……ちょっと農作業のイメージで、害虫駆除をメインにしてしまった。虫のついた野菜が苦手なんだよな。まぁ、大丈夫だろう。

あ、そうだ。魔法を使うには魔力が必要だな、人形一つ一つに多めに魔力を溜めておくか。

「おはよう」

始まりは、挨拶《あいさつ》からだろう。

……なぜ、みんなが敬礼をするんだ？　作る時に何か考えたかな、俺？　ん～記憶にないが、まぁいいか。

とりあえず、動いたので成功なんだろうな、魔法を使えるかどうかは不明だが。

ちなみに敬礼の姿から、なんとなく農業隊と命名してしまった。

これから、よろしくお願いします。

農業隊はすごかった。

水色と青色の石を持つ子達を見ていると、水を自由自在に操っている。魔法が使えるのは想像通りなのだが、どうやら、俺より魔法が得意なようだ。

これは、成功なのだろうな、きっと。ちょっと悔しいが。

緑色の石を持った子達は、畑の中で風を起こしているようだ。おかしいな、風魔法での実験では強化されなかったが……。まぁいいか、あの風にも何か意味があるのかもしれない。

透明の石を持つ子達は指示を与える側になったようだ。……石の力が分からない。まぁ指示があれがみんなが動きやすいだろう。とりあえず問題はなしだな。

と、思ったのだが、透明な石を持つ農業隊の希望により、農業隊の数を三倍に増やした。さすがに面倒を見る場所が広すぎたか。でも三〇体に増えた農業隊なら大丈夫だろう。

……新しい畝ができているように見えるけど、気のせいかな？


親玉さんとシュリが、白い球を持ってきた。親玉さんの持っている物の方が大きくバスケットボール三個分ぐらい。シュリが持っているのは、二個分ぐらいの大きさかな。

それが、なぜか俺の前にある。そして、白い球を挟んで親玉さんとシュリが居る。……何が始まるんだ？　というか、この白い球はなんだろう？

親玉さんが足を、持ってきた白い球に乗せると魔力を注ぎだした、シュリも持ってきた白い球に魔力を注ぐようだ。見ていると、白い球が二つ俺の方に押し出される。

……どうしろと？

親玉さんとシュリは、じっと俺に視線を向けている。その間も白い球に魔力を注ぎ続けている。

えっと、これは俺にも魔力を注げということだろうか？

間違っていたら、止めてくれるだろう。

俺は両手を、それぞれの白い球にのせて魔力を注ぎ始める。どちらも止めないということは、正解だったようだ。

白い球は魔力を溜められるみたいだ。止められるまで、魔力を注げばいいかな。え～、どこまで溜めればいいんだ？　かれこれ数十分ぐらい、ずっと魔力を注いでいるのだが。

ピシッ
「げっ！」

白い球にヒビが入ったので、壊してしまったかと焦ったが……次の瞬間、もっとパニックになった。叫ばなくてよかった！

親玉さんとシュリが喜んでいる、その前には割れた白い球、そして無数にいる……新しい仲間達。ちび蜘蛛いっぱいと、ちびアリいっぱいが、どうやら新しく仲間になったようだ。大きさは小指サイズ、子蜘蛛達と出会った時のサイズだな。

まさか白い球が卵だったとは。大きさから卵という考えにならなかった。

穴から無数に出てくる黒い物体に追われる夢を見た、怖かった。

57. 森を探索……チャイの仲間。

畑が思ったよりも、すごいことになっている。農業隊に、ちびアリ、ちび蜘蛛が大活躍だ。

一つ目の希望に沿って、木を加工して置いておくと、畑に中に木の枠が畝に沿って立っていた。そこをちび蜘蛛とちびアリが移動している。

なるほど、踏んだらどうしようと、足の置き場に困った俺の対策用かな。

一つ目達、ありがとう。

農業隊は、日々作業の仕方が変化している。

色々なことが効率よくなっている。おかしいな、知識ってどうやって増やしているんだろう？謎だ。

子鬼さん達は、完璧に皮の加工をマスターしたようだ。

最初の頃に比べると、毛皮のふわふわ感がレベルアップしている。どうやっているかは不明。ただ、すごい。

三つ目達が持ってくる服もレベルアップした。

上から羽織《はお》るシャツが登場。ズボンはちょっとカーゴパンツ風になっていて驚いた。

朝起きると、その日、着る服が用意されているのだが……最近、同じ服が出てきていないような気がする。まさかね？

森の探索は継続中だ。

森は最初の印象とは違い、食材がとても豊富にあった。

そのため、保存庫が当初の数では間に合わなくなり、冷蔵庫の三部屋と時間停止の五部屋が追加で作られ、ただ今活躍中だ。

保存庫については、冬の食料の量を考えなければならない。

冬が、この世界にもあるのかどうかまだ不明だが、ある場合、冬の期間が予測ができないのが問題だ。食料が尽きれば、そこでお終いだ、安心のためにも、もう少し保存庫を作って食料を確保した方が、いいかもしれない。

岩の家が広くてよかった。保存庫を作る場所には困らない。


今日も新しい方向をふらふらと探索中だ。

お供はチャイとコア。チャイの上に、また成長した拳サイズの子蜘蛛が乗っている。

……それでいいのか？

上を見れば、拳より大きなサイズの子蜘蛛達が、木の間を自由にピョンピョンと渡っているのが見える。

最近子蜘蛛さん達の成長が個々になってきた。大きくなるモノもいれば、ならないモノもいる。

不思議だ。

「洞窟だ」

新しい洞窟を発見。

一つ目の洞窟でコアの仲間達、二つ目の洞窟でシュリ、次も何かいるかな？

異様な暗さが気になるが、洞窟に入ってみる。

入った瞬間に攻撃された。もしかしてと結界を強化していたので怪我はなし。よかった。

目の前には、ん？　チャイによく似た犬が七匹。

チャイが前に出て吠えているが、反応がない。子蜘蛛さん達が威嚇の音を出すが、これにも反応が見られない。

シュリの時のような黒い模様はないが、雰囲気が近い。もしかしたら憑依されているのかな？

除霊したいが、動き回っていて難しい。

仕方がない。

「拘束」

紐で縛るイメージはちょっと不安があったので、檻に閉じ込めるイメージだ。

無事に動きを止めることに成功した、よかった。

七匹はよく見ると、異様な痩せ方をしているように見える。怪我をしている子もいる。

「呪縛解除」

それぞれ七匹の周りに光の輪。そのまま覆うように光の壁が生まれ、光が注がれる。

光が消えると七匹すべてが倒れた。中には血を吐いている子までいる。

「ヒール！」

慌てた、まさか倒れるとは。よく今まで倒れなかったな。もしかして乗り移っていたからか？

痩せた体を順番に撫でていくと、七匹の呼吸は落ち着きを見せた。

血を吐いた子を見て、チャイが一瞬唸り声を上げたが、七匹の落ち着いた様子に、チャイも落ち着いたようだ。

色合いから見て、チャイと同じ種類の犬だろう。もしかしたら仲間かもしれない。

死なせなくてよかった、本当に。

犬達は意識を取り戻すと、ビビって小さくなってしまった。チャイが説明でもしたのか、徐々に落ち着いていき、周りを確認している。

よかった。

安心したらふつふつと怒りがこみ上げる。呪いの元凶に向かって、雷が落ちるイメージが浮かぶ。

「天罰」

イメージはしっかりとできてはいるが、呪いの元凶が不明だ。天罰と言っても何も起こらないだろうが、まぁ俺の気持ちの問題だ。

怒りがちょっとだけ、スッキリした。

58. ある国の騎士　三。

―エンペラス国　第一騎士団　団長視点―


魔術師二五名、その護衛に第二騎士団。魔物討伐に第五騎士団。

集められた者達を眺める。

第二騎士団員は少し緊張をしているように見える。団長はそれほどではないようだが。

第五騎士団は魔石によって力を強化された戦闘集団だ。狩ができると少し浮き足立っているようだ。

「森を焼くらしい」

友人が隣に立つ。

任務の失敗でお咎めなしは珍しいが、それだけ王にとって衝撃だったのだろう。奴隷に逃げられたことが。絶対だった魔石の力が破られたのだからな。

第四騎士団が帰ってきてから数日。城の中は、異様な静けさを見せていた。そして集められた魔術師と第二騎士団、そして第五騎士団。王は森を切り捨てることに決めたようだ。

森には魔力が溜まっていると、文献に書かれている。特に中心部分には相当な魔力が存在するとも。

過去から今まで、森の中心部分を調査した者はいない、そのため、魔力の有無が本当なのかは不明だが。もし、大量にあったとしたら、森を焼くとどうなるのだろう？

文献を調べても、森については分からないことが多すぎる。森を焼いても、いや、そもそも森を焼くことなどできるのか？

「不安そうだな、原因を消せば問題は解決だろう？」

友が俺の態度に疑問を持っているようだ。

森の中心に問題があるなら、焼きはらって原因を消す。とても理にかなっているようで、実はとても恐ろしい判断だ。

ここに集まる者達が、どれだけ理解しているか。

「森の異変が王であるなら、少しは有効かもしれないな」

「前にも言っていたな、だが集められた魔術師達の力は相当なものだ」

そう、集められた魔術師達は、国でもトップの魔力量を誇る者達だ。

失敗しない自信があるのだろう、王も自信を取り戻しているように感じる。

「確かに彼らは素晴らしい力を持っている」

人間の世界では、彼らの魔力は相当なモノでその力は恐ろしいと言えよう。

今回は森を焼き尽くすため、全員で力を合わせると聞いている。おそらくその威力は、今までに見たこともないものとなる。

だが、それは人間の世界での話だ。

「王以上の存在を、人間は相手にできるのだろうか？」

「え……それは」

森を焼くと聞いた時から、言いようのない不安に襲われている。静かに、でも確実に何かが起こる。

「団長、空が……」

俺の副団長の声が後ろから聞こえた。

その言葉に窓から外を見て、目を見開く。

今日は晴れていた。訓練にも行ってきたのだ。それは間違いがない。それが……。

「なんだ、あの雲は……」

窓から見える空は、異様なほど黒い雲に覆われてきている。

ピカッ……ドドーーーン。

ガラガラガラ……ドーーーン。

空が眩い光に包まれたと思った次の瞬間には、大きな音とともに部屋全体が揺れた。

悲鳴が城のあちこちで上がっているのが聞こえる。

空が何度も光り、その度に響く大音響。そして揺れる部屋。窓ガラスがガタガタと不穏な音をさせている。

騎士達の誰もが、対応できずにいる。

そんな中、ガシャーンと謁見の間の窓ガラスのすべてが砕け散った。

ドドーーーン。

窓から入り込む……雷。一瞬にして部屋の中は地獄と化した。

雷が窓から部屋に入ることなど、普通の現象ではありえない。

王のいる場所を見つめる。そして王の足元に視線を移す。そこには雷が落ち、黒く焦げた床が、煙を上げていた。

時間にして、おそらく一、二分。とても短い時間だった。

だが、人を恐怖に落とすには十分だったのだろう、人々の悲鳴と走り回っている音が聞こえる。

59. 岩人形は自由！……空からの襲撃。

朝、農業隊に手伝いを拒否された。

なぜだ！

水魔法の微調整はある程度できるようになったので、昨日は水遣りを手伝ったのだが……何かが駄目だったのだろうか？

今日も手伝おうと畑に行ったら、畑に入ることを拒否された。見るだけは自由に……らしいのだが。

考えても分からない、諦めよう。次がある……たぶん。

家の近くに小さい湖ができている。一つ目達と農業隊、子アリとちびアリが頑張って作った、ふわふわ用の湖らしい。水はどうするのかと思っていたら、ふわふわが大量の水を魔法で作っていた。

魔法は万能だな。

湖を見に行くと、ふわふわが周りをくるくると飛び回る。

いつもと様子が違うのだが、どうしたのだろう？

ふわふわは湖の水を浮かせて、ちょこっとくぼみの部分にその水を落とす。

……えっと、ん～？　分からない。

俺に何かをしてほしいのか？　でも俺ができることは、一つ目達がほとんどできてしまう。わざわざ俺に頼むことはないような。俺しかできないことってなんだ？

……あっ、もしかして木の伐採か？　木の伐採というか、開拓は俺の仕事だな。

でも、どうして開拓が必要なんだ？　もしかして、湖を広げたいのだろうか？……まぁ、よくは分からないが問題がないので、お願いされた場所の木を伐採していく。

問題がないとは思ったが、ちょっと広すぎないかな？　希望通り開拓をしていくと、広大な広場が出来上がった。

まぁ、ふわふわは喜んでいるし、いいかな。

喜んでいるふわふわを見ていたら、近くの切り株がいきなり土から出てきた。ビビっていたらその下からシュリが顔を出す。土から押し出された切り株を、親玉さんが三つ目が作った縄を使用して、シュリの穴まで引っ張っていく。……連携が見事だ。

俺はもう、用済みなのかな……。

子蜘蛛達と一緒に、バッグを持った透明石を持つ農業隊が、森へ出かける姿が見える。

……あのバッグって魔法のバッグだよな？　あれ？　いつの間に自由に持ち出すようになったん

だろう？……まぁ問題がないからいいか。問題はないよな？……うん、大丈夫のだはずだ。

家に戻ると家に残っていた子蜘蛛達に地下一階へ連行された。担がなくても歩けるけど……力持ちだね。

連れて行かれたのは保存部屋が並ぶ地下一回。

新しく作った保存部屋の前で下されたのだが、ここに何があるんだ？　空のはずの保存部屋を覗く。……いつの間にか野菜や果物で埋まっている。

いつの間に？　というか、え、見たことのない野菜まであるんだけど……。

新しく用意していた保存部屋を全て覗くと、すべてに食材が運び込まれている。最後に見た部屋では、一つ目が棚を作り三つ目が食材を整理していた。

知らない間に、一つ目と三つ目の協力体制に磨きがかかっている。割り込めない雰囲気があるのは、どうしてだろう。

子蜘蛛達が保存部屋を足でとんとんと軽く叩いてから俺を見る。保存部屋を増やすように言っているのだろう。確かに、畑でできた野菜の保存も必要になるから、今のうちに増やしておくか。

岩に魔力を溜めようとしたら、コアが俺の足をつついてきた。邪魔をされたことがないので驚いて視線を向けると、冷蔵室を前足で示す。

？　何だ……ちょっと考えるが、分からない。

コアをもう一度見ると、冷蔵室と時間停止をしている部屋を足で示す。

冷蔵室も確かに獲物の肉で埋まりかけているよな……増やせってことか？　でも、それだと時間停止の部屋の意味は……時間停止機能の冷蔵室か？　意味があるかな？　肉を大量に保存するなら、時間停止機能が無いと鮮度がキープされないか、冷蔵庫にも限界があるからな。

……コアって頭いいよな～。

少し考えて、地下一回の大改造に取りかかる。まだ、何も作られていない空間に、今までの部屋の三倍に近い大きさの時間停止冷蔵庫を作る。食材を入れると冷えてから時が止まるように魔法をイメージだ。これで食材の質が下がることが防げるはずだ。

部屋を作って、岩で棚を作ろうかと考えていると、一つ目達三体が現れ、棚を作り出す……作業が早い。

棚ができると、三つ目達が食材の大移動。手伝おうかと思ったが、俺が置いた獲物の場所が違ったらしい、なんとなく部屋から追い出された……凹んでないからな！

俺は俺のできることをしよう！

食材が運び出された部屋を魔法で一度壊して、新たに部屋を作る。繰り返していると、地下一回が保存部屋で埋まった。

気が付けば、新たな部屋では一つ目達が総出で棚を作っている。そして三つ目達が部屋の中で整理整頓をしている。綺麗に埋められていく棚……俺ではここまで綺麗にはできないな。

何気に一つ目達の棚を作る作業を見た。

……なんというか、釘を使わない組み立て式なのだが、プロのようだ。すごすぎる。一つ目達は、いつの間にか家具作りを極めたよな、俺が作ったはずなのに優秀すぎる。

まぁ、優秀で困ることはないから、いいのかな。うん、これからも色々とよろしくお願いいたします。


コア達と一緒に狩に出かけた。保存部屋も広くなったので、お肉のストックを多くしたい。

結界内にも結構な数の魔物がいるみたいだ。コアを見ただけで、逃げていく魔物もいる。さすがコアだ。

そういえば最初の頃に比べると、黒い影に覆われた、呪い付きの獲物がずいぶんと減った。いいことだが、なんでだろう？……呪いが減っているのかな？　まぁ問題が減っているのだから、気にしなくも良いよな。

魔物を探して回っていると、結界のそばまで来てしまった。本気で走ると、思ったより結界内は広くない。結界を広げようかな。

考え込んでいると、コアがいきなり空に向かって火を噴いた。

慌てて空を見ると、巨大な鳥のような魔物が、こちらに向かって急降下してきている。コアの噴いた火を器用によけて、一番貧弱に見える俺を攻撃しようとしているよだ。

「切断」

実は狩りに出る前に、襲われた時のことを考えて、準備をしておいた。イメージを作って魔法を一度発動させておいたのだ、襲われた時に、とっさに攻撃ができるように。

成功した！

確実に一撃で相手を殺すなら、間違いなく首を落とすことだ。

ただ、これは地上を走る魔物を想定していたので、空でいきなり首が飛ぶと……怖すぎた。

60. フェニックス　カレン。

―普通の鳥だと間違われているカレン視点―


数日ぶりに主の元に帰ってきた。

遠目でまさかと思ったが、間違いないようだ。

地上の生き物を穴に引きずり込む、地獄の番人がおる。まさか、チュエアレニエだけでなくアンフェールフールミまで仲間とするとは。主は本当に不思議な存在だ。敵対関係の二匹を一緒の場所に集めるのだから。

それを言えば私とフェンリルもか……まぁ主だからな。

しかし、またゴーレムが増えたのか。主の力は底が知れないが、さすがにこの数は恐ろしい。

家の中のゴーレムも最初より増えている。木を加工するゴーレムが一五体。主の服や布を作るゴーレムが五体。魔物の皮を加工しているゴーレムが……増えている六体か。外の管理に新たにゴーレムが三〇体。

主のゴーレムは独自に考え行動する。命令されることなく動き、ゴーレム同士で相談らしいことをしている姿を見たことがある。ゴーレムに意思はないと言われているが、その根本的な常識を覆す主の力。

さすが主ということか、それで片付けて良いのかは分からないが……。

ゴーレムはもともとは戦闘特化の武器の一つ。主のゴーレムを見ていて気になったので、力を試してもらったことがある。どのゴーレムも、岩ぐらいなら簡単に粉砕していた。粉砕した岩は固いことで有名な種類だったのだが。

……そういえば、主も魔法で簡単にその岩の形を変えていたな。ゴーレムの力は主譲りか。

よく見ていると、木を加工するゴーレムが、新たに作られたゴーレムから魔法を教えてもらっている。確かにあれだけの魔力を込められて作られていたら、魔法も使えるだろう。ある意味恐ろしい存在でもある、味方でよかった。

新たに作られたゴーレムを見る。その額にある魔石。通常の魔石ではなく進化させている。魔石に高純度の魔力を溜めると魔石が進化する。魔石の価値は透明度ではかられるが、主の魔石はどれも最高ランク。最高ランクはたった一つを作るのに、魔術師が一〇人以上も必要と言われている。それをゴーレムに使用するとは何とも……。しかも魔石の中でも珍しい、万能石を持つゴーレムまでいる。おそらく家の外の警備のためなのだろう。

……主が歩きながら魔石を進化させているが、まぁ主だからな。今度は白か。瀕死の状態でも癒すことができる力を持つ魔石だ。

見ていたらその魔石を渡された。自由にしていいらしい。これほどの魔石をもらえるとは。大事に使わせてもらおう。


主がコアを連れて狩に出かけたと聞き、追いかけた。

主の姿を上空から探しているとワイバーンが主に襲いかかる姿が！　駆けつけようとするとワイバーンの首が空中でもげた。

ビビった。

ワイバーンは何重にも魔法で結界を張っている。攻撃をするには、まず魔法で結界を無力化してからになる。それを主は力で結界を粉砕してそのまま首を刎《は》ねた。

何とも豪快な主である。

61. 巨大な鳥？……扉が！

襲われたが全員無事。問題なし！

カレンがなぜか空中で静止しているけど……。家で何かあったのかな？　家のある方向を指で示してみるが首を振られた。違うのか……なら、どうして固まっていたのだろうか。不思議だ。

とりあえず落ちた巨大な鳥を探したが、大きいのですぐに発見できた。間近で見ると本当にでかい。鳥というよりトカゲに羽が生えているような感じだな。しかしでかい。

「冷却・時間停止」

新鮮な状態でキープしたいので、できるだけ早く魔法で第一段階処理を施す。あとは家に帰ってからだ。


とりあえずコアに確認。

この羽トカゲ、食べられる？　大丈夫のようなので一度、帰ろう。

空中に浮かそうとして、持ってきたカバンを見る。

三つ目達が作ってくれたカバンだ。もちろん空間に繋げた魔法バッグになっている。

いつもは手でバッグに入れているけど、この中に瞬間移動できないかな。

バッグの中を広い空間にイメージして、そこに手品のように移動。

「羽トカゲ、バッグへ移動」

よし、もう少し狩りをしてから帰ろう。


子鬼達の前で、今日の収穫を出していく。

羽トカゲ、巨大イノシシもどき、巨大牛っぽいモノ。巨大……な動物。みんなでかすぎる。

そして魔法バッグ有能すぎる。

解体はいつも通りと言いたいが、最近は子鬼達がやってしまう。でも、今日はお手伝いをさせてもらった。……おかしいな、俺の仕事がどんどん奪われていくような……。

皮は子鬼達が嬉々として持って行った。

処理がどんどん早くなっている、さすがだ。

子鬼達を見ていると、後ろでガチャガチャと音が聞こえだした。

後ろを見ると、そこには一つ目達が作った巨大スペースのウッドデッキが鎮座している。仲間全員が余裕で座れるのだから本当にでかい。

そこになぜか、みんなが集まりだしている。家の中から、子蜘蛛達が魚醤を持ってきたようだ。視線をずらすと子アリ達がバーベキューのセットをしている。

なるほど夕飯だな。

羽トカゲにしようかな。みんなの視線が痛いです。大丈夫、頑張って焼かせていただきます。

美味しかった。飛んでいたが、鶏肉の味ではなかった。それがちょっとだけ残念だ。

イノシシもどきは豚に近い味だったので少し期待したが、ん~鶏肉に近い肉がほしい。

魚醤に甘めの果物を混ぜたタレを作ってみた。争奪戦は思い出したくないが、最近少しずつ激しさが増しているような……気のせいだよね。気のせいだと思いたい。

タレは美味かったが……白ご飯がほしい！

家に入ろうとして止まる。

入口に扉が……扉が付いている！　開き戸ではなく引き戸。今までは布で隠していたので、どうにかしたかったのだが。

引き戸を開けて中へ入る。すると一つ目が待ち構えていた。

……なんだろう？

地下二階へ連行、銀の鉱石を持ってくる。

⁇

一階に移動、扉を刺して次に窓。……なるほど、明かり窓を、扉につけるから加工しろということですね。

了解！

明かり窓が付いた扉が完成。入口にはめ込んで。とてもスムーズに移動する扉、さすが一つ目達だ。トイレ、お風呂、そして各部屋に扉が次々とはめられていく。

三階にチャイ達の専用の部屋ができていてびっくりした。問題はないから大丈夫。

感動していたら、一つ目が服を引っ張ってくる。

まだ終わりではないようで、地下二階で銀の鉱石を加工する。

一つ目達の希望に沿ってガラスもどきを数十枚。用意されていた、大きめの引き戸用の扉一〇枚にそれぞれ加工したものをはめ込み、扉が完成。ただ、一〇枚もの扉ってどこで使うのだ？

またまた一つ目達の指示に従って一階のリビングへ。

リビングからウッドデッキに出られるように岩を加工してほしいらしい……なるほど。

それにしても、光の魔法で岩に線を引くとは、俺より魔法操作が優れている。あれ？　一つ目達って魔法が使えるの？……使っているな、使えるのか。……まぁいいか。

ガラスもどきをはめ込んだ扉をはめて、リビングとウッドデッキが繋がり開放感がある部屋に変わった。

ウッドデッキには等間隔の柱が作られ木枠の屋根がのっている。そこに三つ目が作った布が張られて、日差し対策が施されている、完璧だ。

ベンチやテーブル、俺が座るチェアが用意されていて、一つ目達のこだわりが広がるウッドデッキだ。

ちょっと自慢げに胸を張る一つ目達、可愛いが……まぁいいか。

62. 名前を決めよう……種を割りまくる。

チャイの仲間の七匹も元気になったようだ。最初の頃のふらふらな姿は、見ていて本当に心配した。今は庭に作られた湖の周りを走り回っている。

湖……なんとなく水が澱んでいるイメージがあったので、一日一回清掃魔法をかけておいた。そういえば湖の周りが、日々変化している。テーブルが置かれたりベンチが増えたり、なぜか木まで植えられた。一つ目達と農業隊かな？

湖にはいつの間にか魚の姿が。他にもエビに似ている不思議なモノも。顔を出しているのは……気にしないことにした。

チャイの仲間が元気になったので、名前を決めることにした。

オスが三匹、メスが四匹。色合いはチャイと一緒が多く、オスの一匹が茶色に白いまだら模様。メスの一匹が茶色に赤いまだら模様で瞳も赤かった。

オスは「茶也《チャヤ》」、「茶多《チャタ》」、白いまだらが「茶流《チャル》」。

メスは「茶羽《サウ》」、「沙茶《ササ》」、「茶美《サミ》」、赤いまだらが「姫茶《キサ》」。

チャイで使用した、漢字の茶を基本に考えてみた。自己満足度は一〇〇%です。

きっと気に入ってくれたはず、たぶん……だよね。

チャイとコアは最初の頃、チャイが少し遠慮していたが最近は共にいることも多いようだ。狩りをする時も、いつも一緒だった。

チャイの仲間が増えたのでどうなるのかと、少し心配で見ていたが、変わらないみたいだ。コアとチャイは一緒に出掛けている。離れてしまうかと心配したが、大丈夫のようだ。

仲が良いなあの二匹。

最近気が付いたのだが、俺の近くにたえずオオカミが二匹と犬が一匹、居てくれるようになった。護衛なのかな？　ありがとう。

ちび蜘蛛二匹、ちびアリ二匹、子蜘蛛二匹もありがとう。彼らも一緒にいてくれている、おそらくローテンションをしているようなのだが……見分けが！　ごめん。

俺は護衛がいっぱい付くぐらい力が弱いらしい。もっと頑張ろ。

ある日、思い出した。

島を開拓する番組で、椿の種から油を搾っていたことを。この世界にも油がとれる種があるかもしれない。油があれば揚げ物が食べられる。

木の実の中には、ナスに似たような実やかぼちゃに似た実がある。俺の中では実ではなく野菜として認識しているのだが。その野菜を素揚げして、魚醤を少し垂らして食べたい。きっと、うまいはず。

と言っても種にもいろいろある。とりあえず種を集めないと。

一日目、数十個の種を集めてつぶしてみたが収穫なし。

二日目、数十個の種を集めてつぶしてみたが収穫なし。

三日目、朝起きたらテーブルの上に多種多様な種が……一〇〇個以上、それにプラスして巨大な実も数個乗っている。

子蜘蛛と子アリが総出で種を取ってきてくれたらしい。ありがとう。

その日は一日種を割って割って割って……魔法なので疲れないが、飽きる。

お、種を割ると指先に違和感が。指先を見るとツヤッとしている、ような……たぶん。

その種は、俺の頭ぐらいある大きな実の中にあった。実の中にはネバッとした甘い匂いの強い果肉があり、その中央に種がぎっしりと詰まっている。

そういえば……油のとれる種ってどんなものなんだ？　そもそもそれを知らない。

果肉をちょっと食べてみる……後悔。すごい渋みが……ササが驚いた顔で見ている。もしかして渋みを知っていたのかも。

とりあえず何でも挑戦。大きな実の種を絞ってみよう。その前に、この実をもう少し収穫しよう。

63. 要らないので……心配かけました。

子蜘蛛と子アリに、木の実を見せて木まで案内を頼む。シオンとクロウ、ササをお供に森の中を駆け抜ける。

足が速いと便利だ。

ただし、躓かなければ。木の根って嫌な奴だ。

……確かにほしい実をつけた木が密集している。ただしその大半が結界の外にあるが。

なるほど呪いがある場所にほとんどあるのか。どうしようかな。

以前、結界を広げようとしたら、コア達に反対された。なぜかは不明。そこまで意思疎通ができていない。でも首を振って雰囲気的には大反対された。

しかし、ほしいものが目の前に。仕方がない、あとで謝ろう。

一つ深呼吸。

目を閉じて、上から結界を見るイメージを作り、魔法を実行する。

上空から下を見ているような映像が頭の中に現れた……うまくいったようだ。

そこから結界を広げるイメージを作る。

どこまで広めようかな？　倍ぐらい……もう少し、今の三倍ぐらいにしよう……あ！　上から見るとちょっと気になる植物を発見！　呪いの影で見えにくいが、もしかしてもしかするので。それを期待して結界は五倍ぐらいにしよう。

え〜仮の結界をイメージ、その中を「浄化」。浄化したものはまとめて二倍ぐらいに強めて「返却」要らないものは持ち主に返すのが一番だ。土の中も結界をじわじわ広げていく、最初の結界と同じぐらいに下へ結界を伸ばして「浄化」そして「返却」。

「結界」を本格起動して、ついでに「強化」川や湖を一つ一つ上からチェックしていく。水の中の呪いを「吸収」して「返却」。

今まで境にしていた結界を消して、新しい結界内をもう一度「浄化」。結界内にある木の根から葉の先まで綺麗にするイメージだ。最後に「返却」。

大満足！

目の前には瑞々しい木々が生い茂る森が。呪いの影はどこにも見当たらない。浄化のレベルが上がっていることに、ニンマリしてしまう。

シオン、クロウ、ササを見ると周りを見回している。

さて、本来の目的の種を収穫して帰ろう。

帰り道に獲物が出たが、シオンが威嚇してササが仕留めてあっけなく終了。仲間になった犬も何だかとっても強い気がする。

頼もしい、俺も修行した方がいいかな。


家に帰ると、なぜか全員が集合していた。ちょっと不安そうにしているが何かあったのか？　周りを見るがいつもと変わらない風景。何かが襲ってきたとかではないらしい。

コアが近づいてくる。頭を撫でるとじっと俺を見て、しばらくすると尻尾を振りだした。すると緊張感が消える。もしかして禁止されていた結界を広めたから怒っていたのか？

「ごめんな、心配かけて。大丈夫、結界はうまくいったから」

心配をかけてしまったのかな？　でも、必要だったから許せ。

64. フェンリル王二　コア。

―オオカミに間違われているコア視点―

畑を見る。アンフェールフールミのシュリが集めたモノが順調に育っている。

主の希望で集められた食べられる土の中のモノ。知識としてはあるが、食べたことがないモノが多い。そもそも土の中のモノを食べることはない。それはここにいる者すべてに言えることだが。

なぜ、こんなモノを求めたのか分からん。

だが、主が作る飯はうまい。肉があれほどうまくなるとは、まさに奇跡。これらも、うまいのであろうか？　少し期待してしまう。

しかし、外にいるゴーレムは相当強い。

我々がすべて狩りに出てしまった時に、住処に向かう魔物を見つけた。慌てて追いかけたがゴーレムによって瞬殺された。魔法を使用できるゴーレムは今までにも見てきたが、主のは魔法だけではない。我の目でも一瞬、姿がぶれるほど動きが速い。その両方を駆使してたった一撃で撃退。さすが主の作ったゴーレムなのだろうな。

敵にはなりたくないものだ。


住処の近くにできた湖で、少し休憩する。湖には水を綺麗にする魔法がかかっている。主の魔法はどれも威力や規模がでかい。湖の水をただ綺麗にするだけでなく、清らかな魔力を含む水にしてしまった。それでだろう、清流や限られた場所でしか姿を見ないモノが多数泳いでいる。顔を出して視線が合っても敵対心を見せない。そうとう居心地がいいようだ。

緑の魔石を持つゴーレムが癒しの風を結界内に起こす。家から周辺に向かって風が流れる。その気持ちよさについ、うとうとしてしまいそうになる。

！！！

何だ、主の魔力が膨れ上がっている。何かあったのか？　だが、一緒にいる者達からは何も信号が送られてはいない。

今までの数十倍といっていいほどの主の魔力が森を駆け抜ける。風に乗って大地に、木々に、水にそこに居るすべてのものに見えない魔力が降り注ぐ。

いつも存在を感じていた結界が消えるのを感じる。他のもの達も感じたようで、慌てている姿が見える。深く息を吐き状況を確かめる。

そこで気が付く。外のゴーレム達が通常の作業を続けていることに。まるで何も起こっていないようだ。ゴーレムは主と直結しているはず、異変があれば分かる。

問題はないということか？　だが、結界はどうなったのだ？

ゴーレム達に異変がないため落ち着いてきた、仲間と共に主の帰りを待つ。姿を見せた主はいつもと同じ、近くで確かめたが問題はないようだ。安心した。

だが、結界は気になる、確かめなくては……。


次の日に結界が広がっていることに気が付いた。

以前、結界を広げたいと言われたが、全員でダメだと拒否。結界を維持する主の体に負荷がかかりすぎると、心配したからだ。だが、その心配は不要だったのだろうな。

結界に沿って走ってみたがその広さは……一日では周り切れないほどになっていた。その広大な結界を維持しているはずなのだが、いつもと変わらぬ主。いつものように外を見回り、湖の水をチェック、仲間の様子を確認してゴーレムをチェック。本当にいつもと変わらない。

さすがだ。

65. 種いっぱい……思い出した！

目の前の大量の種。どうなるかも分からないのに大量に採ってきてしまった。

失敗したら……痛いな～。

まぁ何事もやってみることが大切ということで。

油を……どうやって油って作られるんだ？　え～絞って、みようかな。絞るには種を細かく潰して……。まぁやってみよう。

綺麗に洗って、汚れを落として。種の細かく……細かく……硬い！

魔法！　一瞬で木端微塵、完成。

絞る方法は……布で砕いた種を包んで絞ってみる。なんとなく布にじわっとしたが……それだけ。

ん～絞る力が弱いのか。

金の鉱石を準備する。鉱石で丸い穴の開いた机と穴に合う筒を作る、机の穴には網に加工した鉱石をおく。机の穴に合うように筒をのせて、魔法で網も一緒にくっつけて絞り機もどきの土台が完成。

筒に布で包んだ種を入れて、その上から銀の鉱石を穴のサイズに合わせて加工したものを押し込む。

あとは魔法でじわじわと圧をかけていく。机の下に用意したボールに、種から出たものが少しずつ集まりだす。魔法なので大変ではないが、途中で網が割れた。

圧をかけすぎたのかな？　まぁ絞り機は壊れたがある程度、種は絞れた。良しとしよう。

色は薄ピンク。ちょっと馴染みのない色だ。匂いはかすかに甘い香りがするが、嫌な香りではないので問題なし。

次になめてみる……お、油っぽい。知っている油よりさらっとしているのだが、似ている。

問題ないかな？　さて、どうやって確かめるかな。そろそろフライパンがほしいな～。

岩を熱して油っぽいモノに熱を通す。少しさまして舐めてみる。味に変化はないようなので、問題なしとする。

油っぽいモノを高温に熱する。油によっては、低温でも火が起こりやすいモノがあるかもしれない。……大丈夫みたいだな。料理中に、いきなり火を噴くことはないだろう。

シオンが隣に来たので食べられるか聞いてみる。固まった……分からないのかな。

とりあえず、油は成功だ。

絞り機を改良して収穫した種を全部油に変えよう。絞り機を五つ壊して、種を全て油にすることができた。結構な量を絞ることに成功したのでうれしいが、絞り機はまだまだ改善の余地ありだな。

とりあえず強度が問題だ。

ナスに似た実を素揚げしてみた。魚醤をかけて……う～うまい。

油の甘い香りが心配だったが、食材を揚げてみるとほとんど気にならないので、香りも問題なし。

チャイ達はかぼちゃっぽい野菜の素揚げが好きみたいだ。親玉さんは揚げたてのナスっぽい野菜と格闘していた。熱いからね。火傷には気を付けろよ。

油を一日置いておくと二層に分離していた。上のモノをなめると油の感じが増していた。上澄みだけとって別容器へと移す。下の層も舐めてみたが、油ではあるが、甘味を強く感じる。炒め物をする時に役立ちそうだ。一つで二つの油を得られた。

この世界に飛ばされた時の荷物を調べる。記憶が正しければ入っているはず……あった！　手に持ったのは磁石だ。

油が手にはいると、どうしても鉄のフライパンがほしくなった。色々手に入れる方法を考えていて思い出したのだ。鉄は鉄鉱石の中に含まれている、その鉄鉱石には磁石をくっつけるという性質があることを。そしてバッグに入っているはずの磁石の存在を。

明日から、見つけたすべての岩や石に磁石をくっつけてみよう。きっとある……たぶんある。

66. 角があるリス？……あんまりだ。

洞窟めぐりを始めて五日目。結界内だけとはいえ、広すぎる。上から見た時は……広いか、結界の範囲を広げたし。

それにしても、洞窟の数が多すぎる！　洞窟はいっぱい見つけたが、ほしいモノがなかなか見つからない。新しく見つけた洞窟には、赤く光る鉱石とか、青く光る鉱石などがあった。一緒に来ていたふわふわが喜んでいたが、求めている物ではないので後回しだ。

ごめん。

洞窟には巨大な迷路のようなところも……深すぎて途中で断念。これも後回しだ。

入口が緑に覆われて少し見えにくかったが洞窟を発見！　ちょっと今までと雰囲気が違う。

入ってみると目の前には変わった色のリス？……の氷漬け。浄化をかけても変化がない、呪いではないらしい。

氷漬けのリス……怖い、不気味だ。

引き返したいが、興味もある。氷に触れてみるが冷たくない。氷ではないらしい、中にいるリスを見る。というか、このリス、頭に角がある……色も青緑だしな。角……凶暴なのか？　死んでいるような印象は受けないが。いや、死んでいるのか……？

何とも不思議な空間だ。

氷っぽいモノに、触っているとびしっとヒビが入る。……やってしまった、割るつもりはなかったのだが。氷もどきはそのままヒビが広がり、砕けた。どうしよう。あの氷みたいなものってどうやって作るんだ？

周りを見ると、キサが警戒しているのが目に入る。ソアはそれほどでもないけれど。

……危険なリスなのか？

割れた氷っぽいモノの中にいるリスもどきを見る。……目があった。生きていたのか……どうしようか。

リスもどきは周りを見て、氷漬けもどきにされている仲間を確認。もう一度、俺に視線を向けた。

全ての氷っぽいモノを砕く。

次々出てくるリスもどき……もうリスでいいや。リスの数は全部で三四匹。どの子も問題はなさそうなのでよかった。

ホッとしているとコアと親玉さんが来た。リスを見てちょっと驚いた雰囲気だ。でも怖がることはないようだ。

リス達は、懐いた。肩にのってすりすり、ちょっと角が怖いです。でも、可愛い、色になじみがなくとも可愛い。

問題なさそうなので、みんなを連れて家に帰ることにする。

あ、鉄……明日、探せばいいか。


何だろう、やるせない。

一番家の近くにあった、チャタ達がいた洞窟。帰り道なので一応確かめてみた、磁石がくっついた。

思い出した。ここは異世界だ。

鉄が銀色だと誰が言った？　岩の色は黒に黄緑がまだらに混ざっている。黄緑の鉄なのだろうか。

……本当に鉄だよね？

異世界だと思い出したら、磁石がくっつくから鉄と考えても不安になってくる。さて、どうする？……考えても仕方ないことも思い出す。

黄緑の岩を確保する。試してみれば分かるだろう。

とりあえず家に帰ってリス達を紹介しよう。リスを見る、みんな同じで区別がつかない。

名前……無理だな。

67. 新しい仲間……岩と格闘。

リスを紹介した。

ふわふわがリスの周りをくるくる回って……喜んでいるのか？　分かりづらいが、たぶんそうだろう。ふわふわって毛玉に小さい目なので表情が読みにくい。

クロウ達は問題なし。リスを見てもあわてることなくそのままだ。

チャイ達もそのまま受け入れてくれたみたいだ。一瞬固まったような印象を受けたが、俺の方を見てそれぞれ頷いてくれた。……えっと、問題なしということで。

子アリ、ちびアリはリスを見た瞬間穴に逃げた。

……え？　逃げた？

シュリを見ると、何だかビビっているような雰囲気を感じる。シュリに近づいて頭を撫でる。

リスは俺の様子を見てなのか代表一匹が頷いてくれた。大丈夫だと、信じよう。

……リスってアリを食べるのか？

子アリとちびアリが穴から出てきた、まだちょっと怖がっているが大丈夫だろう。

カレンが家に帰ってきた。ここ数日朝方出かけて、夕方に帰ってくる。どこに行っているかは不明だ。

カレンが、庭に作った止まり木……また大きくなったのか。もう少し大きい止まり木が必要だな。

カレンにリスを紹介しようとすると、リスが慌ててウッドデッキの方に逃げる。そのまま柱を登って屋根へ。

……カレンに視線を向けると頷きが返ってきた。最近、気が付いたが頷くこと＝大丈夫ということになったらしい。俺対策だろうな、皆、ありがとう。

リスを呼ぶと、日差し除けの隙間から顔だけを出す。

もう一度、大丈夫だよね？

カレンは頷く。

大丈夫、降りておいで。手招きすると恐る恐る降りて……ちょっと離れたところで集団になっている。

ん～？

アリ＞リス＞鳥……カレンを見る。大きさの問題でもないし、強さ？　分からないが問題はないと思っていいかな。

とりあえず、新しい仲間ができたので食事にしようか。

子アリ達は何気に魚が好きだったようだ。最初は肉食だったが、魚醤ができてからはシュリ以外は魚を食べるようになった。焼いた魚に少し魚醤をかけるのがお好みだ。ふわふわが釣って？　きた魚を今日はメインで焼いてあげる。

怖がらせたからね。

今日は新しい魚料理、魚醤と甘味のある果物で軽く漬けた魚だ。焼いている時から、かなりいい香りがしている。

焼けた魚を取り合う子アリ&ちびアリとリス達。アリ達はもう大丈夫みたいだ。子アリ&ちびアリの勝利……数が違いすぎるな。

まだあるからそんな目で見ないでほしい。リスの悲壮感溢れる目に急いで魚を焼いた。

穴に隠れるほど怖がっていたはずなんだけど、何だったんだ？　リスは食後、近くにカレンがいたことに気が付いて固まっていた。

食べるって大切だ。


持って帰ってきた黄緑色が混じった岩。とりあえず鉄鉱石として考える。

鉄を取り出す……方法が全く想像できない。大体岩からどうやって鉄を？　高熱にして溶かす方法……想像してやめた。

火傷している姿しか思い浮かばない。

小さく岩を切ってみる。見えている黄緑の部分を岩から取り出すイメージで「排出」。

黄緑の何かが岩の隣にコロコロと転がり出てくる。色々な形があるが成功なのかな？　とりあえず、磁石を近づけると……くっつかない。

……？

岩に近づけると磁石がくっつく。まさかの岩の方が鉄鉱石？

68. 実りました……頑張った。

朝起きたらベットの下に正座していた、農業隊三〇体が綺麗に並んで。

怖いからやめて、本当にやめて。嫌がらせなのかと心配になる。違うと信じたいが、違うよね？

農業隊を見つめる、三〇体で見つめ返された、怖い。

……連れて行かれたのは畑。なるほど収穫の時期らしい。それにしても、なぜ全員で来たんだ？

そしてなぜ正座だったのか……農業隊ってよく分からない。

畑は豊作、俺は種をまいて水を一回。あとはすべて農業隊とちびアリ達、ちび蜘蛛達の成果だ。

野菜を育てたことはないが、豊作だということは分かる。収穫時期までは分からないが。まずは形の分かっている一〇種類の野菜の収穫していく。食べられるようだが、食べないことには味が分からない。もしかしたら無理の可能性もある。

畑に入って岩の横に新しい建物を見つけた。……農作業に必要なモノをしまう倉庫だった、いつの間に。きっとこれは一つ目達だろう。

気を取り直して収穫だ。

一〇種類のうち今日の収穫は七種類。

とりあえず岩鍋に水を少し入れて、その鍋の中に足の着いた岩の皿を置く。そこに七種類の野菜を一個ずつ置いて、蓋をして岩に熱を通す。味がシンプルに分かるように蒸かす。

蓋をあけるといい匂いが広がる。

全てを取り出して、食材に変化がないか確かめるが問題なしのようだ。

まずは一つめ、お～ジャガイモに似ている。

二つめ、ん？　ほくほく感はあるのに味が薄い……残念。

三つめ、甘いし粘りがある、サツマイモかな。

四つめ、瑞々しさがある、大根に似ているけどちょっと違うな。生で食べてみた、食べたことないけど美味しい。

五つめ、粘り気がある芋、サトイモっぽいかな。

六つめ、甘い、でもえぐみがすごい、これはダメ。

七つめ、トロトロとした食感で不思議な味、おいしい。

二つめと六つめ以外は保存部屋に移動。

二つめと六つめは臨時で一階に作った部屋に移動。

その日は収穫した野菜と肉を調理。皆、最初は戸惑っていたが、食べだすと各自に気に入った味があったようだ。美味しそうに食べてくれたので一安心。

次の日は代表が一体ベッドのそばで待機していた。

畑に行くとアリ家族と蜘蛛家族が土を耕していた。相当味が気に入ったようだ。

一〇日かかってすべての収穫が終了。

ジャガイモ系が七種類、味や粘りや大きさが違う。

大根系が三種類、甘さが違って大きさが違う。

サツマイモ系が一種類、これはかなり甘い。

サトイモ系が二種類、大きさの違い。

土の中ではなく上になる野菜もあった。

カボチャ系が三種類、甘さと大きさが違う、一つ巨大なかぼちゃの種類がある。

生姜系が一種類。

玉ねぎが四種類。

食べたことがない野菜系が一三種類、味はどれもおいしい。

全部で三四種類、大豊作だ。

種から育てたものは種を取るために一〇本ずつそのまま畑に残す。残りはすべて保存部屋に移動だ。

食べて却下したのは四種類。苦みがすごいモノと不気味な味のモノ三点。これは肥料になってもらう。

薄味の野菜と、甘味とアクが強かった野菜はちょっと思うことがあり保存部屋に移動しておく。

成功したら調味料が増えるはず……魚醤以外の調味料がほしい。

頑張った、とりあえず最後まで追い出されることなく収穫は終了。収穫は大変だったが楽しかった、次は水遣りにもう少し参加できれば……。

69. 森を耕す……岩人形は有能。

農業隊と三つ目から畑を広げてほしいと希望がきた。仲間からも期待のこもった視線を送られた。ふわふわからも湖を広げてほしいと……また？

今は岩の家の前を畑に変えている。ん～このまま前を開拓したらいいのかな？　それとも、とりあえず仲間の意見を取り入れて……止めればよかったかも、後悔しかない。

家を中心に、広い広場を作ることが決定した。いや、勝手に決まっていた。

一つ目が地面に予定図を書いたのだが、岩山の一〇倍ぐらいの広場になっている。……まさかね。え、本当にこの図の通りに広げるのか？

広場の一角に見ると、かなり大きな湖がある。そしてシュリの巣穴の入り口が描かれていた。サイズを確認しようとするが、なぜか皆がすでに乗り気で……決定となっていた。

……俺の意見が全く通らないのだが……。

完成した広場を見て……コア達が小さく見えるっておかしいくないか……いや、この広さならおかしくないのか。

広場の次は畑。畑にはよく分からなかった場所がある。意思疎通がうまくいかず。まぁ農業隊と三つ目が何かするらしい。大丈夫だと信じている。

ただ、希望の通りに開拓すると……広いというより広大なのだが。今の畑の一〇倍ぐらいになる……これに関しては、俺に聞く前にすでに農業隊によって決定していた。

……別にいいけどさ。

完成した広大な畑……ちびアリとちび蜘蛛が大活躍だ。

広場と畑を全て囲うように川。

それはちょっと……予定図には無かったので止めようとしたが、決定していた、あれ？　よく見れば予定図に書き足されている、いつの間に！

池とつなげる場所をふわふわと考案中だそうだ……そうか、もう好きにしていいぞ。どこまでも付き合おう。え？　川の周りも広場？　まだ大きくするの？……そうか、大丈夫だ、俺は木を切るだけだ。

予定図にない物が追加されたが気にしないことにした。最後に川向こうに作られた広場の外側に堀を掘るらしい。

……ハハハ、すごいな～。どうしてこうなったんだっけ？

コア達とチャイ達から何かを希望されたのだが、何を望まれているのか分からず困っていたら一つ目が承諾していた。

何を希望したのかと興味があったのだが、完成した広場の柵に沿って土台がしっかりした細長い小屋が一〇棟できていた。

なるほど小屋がほしかったのか。オオカミ小屋に犬小屋か？

カレンの希望は止まり木を増やしてほしいこと。

一つ目が承諾。

巨大虫は希望なしと三つ目が。

親玉さんは二階に専用の部屋、一つ目が希望に沿って作っていた。

岩人形達がいればすべてがうまくいくようだ……俺も頑張ろう。

俺だって、膨大な数の巨木相手に頑張った。本気で頑張った。

木を切って加工、切って切って。ちょっと休憩。

俺が木を切った後だが、みんなの行動が速い。

シュリが切り株を引き抜き、親玉さんが移動をさせる。子アリが土の中で大移動をし、農業隊が土を押し固めて広場を作り、一つ目達が柵づくりと小屋づくりに分かれて作業。川づくりは、ふわふわとちびアリ達とちび蜘蛛達のようだ。

ちびだったはずが成長して五〇センチぐらいのサイズになっている。成長が早い、そしてすごい力持ちだよな、相変わらず。まぁ、作業も捗っているようだから、いいか。

次の場所では農業隊が畝を作って畑作りをしている。一つ目達が作ったばかりの畝に、種イモを植えて、種を植えて……農作業をしていた。子蜘蛛も種を植えるお手伝いをしている。

というか、開拓作業がみんな、早すぎる！

俺だって、その間ずっと木を切って切って切って……。加工も頑張って……追いつかない。

でも、やるしかない！

川が完成したので、水を流してみんなでその流れに乗って楽しんだ。不思議な生き物がいたが気にしない。増えていたって気にしない。

たまには一日休憩も必要だと思う。特に俺が！

コア達とチャイ達のお手伝いは狩り。食料確保も重要だ。

子鬼達の解体スピードが、すごいことになっている。いつの間にか魔法を覚えているし……。

まぁいいか、気にしない、気にしない。

家から見て、川の外側の木を切って加工、切って加工。ようやく予定されていた木を切り終える。

……さすがに疲れた。

視線の隅では一つ目達が橋を作って、他の仲間達によって切り株が消え、耕され広場に変わっていく。

……早いって！　みんなのやる気が怖い。

その日は、完成を祝して焼肉パティー。……結構な頻度でやるけど、気分的に。

ようやく木から解放された～！　よかった、本当に良かった。ちょっと涙が。

70.　ある国の騎士　四。

―エンペラス国　第一騎士団　団長視点―


王城を歩くと人々の顔に、少し恐怖がにじみ出ている。

それは仕方のないことなのだろう。今までエンペラス国がどこかに攻撃を受けたことは、ここ数百年にわたり一度もない。

王は魔石の力を強化すると、すぐに国の結界を強めたのだ。その結果、他国よりも強固な結界を持つ国となり、この国に手を出す者が居なくなった。……数百年いなかったのだ。

それがたった一、二分だったとはいえ攻撃を受けた。

窓から外を見る、雲一つない快晴。

この快晴の空をも、自由に変えることができる存在に。

「ここに居たのか」

友人の声が後ろから聞こえた。確認するまでもなく、その声には疲れがみえる。

あの空をかけた雷の攻撃から、王は魔石の近くで何重にも結界をはり過ごしたという。その近くには魔導師達をおき、安全の確保に努めた。だが、それをあざ笑うかのように二〇日後、数個の光の球が現れ強固に張り巡らされた結界を消し去り、魔石を攻撃した。

魔石のヒビは大きくなり、今では縦に大きなヒビ割れとなっているらしい。

目撃者によれば森から一直線に、無数の光が走り去ったと言われている。その光は多くの国民にも目撃され、動揺をあたえている。

王を狙った雷は、位置が外れ王に当たることなく足元を焦がした。

騎士達は王の結界が王を守ったと思った、俺も一瞬そう考えた。だが、冷静になるとある一つのことが気になりだした。

本当に、外したのか？

王城は森からかなり離れている。森の入り口としている場所に行くにも、一〇日ほどかかる距離だ。森の中心となれば、その数倍はかかるだろう。

そんな場所から王を狙ったのだ。おそらく王が森を焼くと命令したために。

それは森の中心から、世界を見渡せるということなのではないのか？　そしてその場所からこちら側を的確に知り、狙えるということなのでは？　そうでなければあのタイミングでの攻撃はできない。

「どうしたのだ？」

「試されているようだと感じてね」

「試す？　誰が、何を？」

「……この世界の王が、この国をだ」

友人の息を呑む音が聞こえる。

色々考えて、俺は一つ自分が勘違いしていることに気が付いた。

そう、おかしいのだ、とても。

魔石に入った小さなヒビ、魔導師が確認してどこからかの攻撃によると判断された。

そう、攻撃なのだ。その時に気が付くべきだった。

「魔石の力を完全に無効化できる相手だ」

「どういうことだ?」

攻撃を防ぐのは結界だ。通常結界は攻撃された魔法を無効化する力が込められている。

魔石で強化されている結界だから、その力もそうとうなモノだ。だからこそ数百年、この国は攻撃を受けていないのだから。

「結界内のモノを傷つけるには、絶対に結界を破る必要がある」

「確かにそうだが……」

「この国の結界は、一度として破られてはいない」

「…………」

そう、国の結界が破られていないのに攻撃が中のモノを傷つけているのだ。

最初に気付くべきだった、攻撃をされているのに結界が破れていないという異常に。魔導師達は気付き始めている、結界が存在しているという異常性に。

そのことを、王にどう知らせるべきかを悩むだろう。この国は魔石で強化され、守られている国だからだ。

このことを知り、王が考えを改めれば、もしかしたら……。

71. 完成！……夏なのか？

岩と黄緑が混ざった岩を、ようやく鉄もどきにできた！

まさか完全に二つの素材を混ぜ合わせる必要があるとは思わなかった。それが分かるまでの三週間、長かった。

分かったことは、岩と黄緑の部分を粘土のように魔法で柔らかくして、色が完全に混ざるほどこねると鉄もどきとなる、というまか不思議な素材だったことだ。

まさに異世界の素材って感じでワクワクする。

しかも続けて使うなら、一度高温にしておかないとすぐに割れるとか、誰が想像する？　できたと喜んで使っていると三日目にパキッと割れた。

あれにはかなり落ち込んだ。

本気で落ち込んで、やけくそになった。……まぁそのおかげで高温にすればいいと分かったのだが。あの時は本当にやけくそだった。日本のテレビで見た鉄は、高温に溶かされ型に流し込まれていた。なので、割れたフライパンを魔法でくっつけて高温にしてみた。

フライパンは溶けることなく、いきなり黒い煙が出てビビった。焦っている間に煙が落ち着き、フライパンは真っ黒く光沢を放っていた。

もともと黒っぽい感じはあったが真っ黒ではなかった。光沢もなかった。

何が起こったのか分からずフライパンを見つめたまましちょっと茫然。

　もしかしてと、ドキドキしながらキッチンへ。

完璧に俺の知っているフライパンが完成していた。焼いた肉も野菜も綺麗に焦げ目がついて完璧。

高温に熱する前は、焼くことはできたが焦げ目が付きにくかったのだ。

ただ、またぬか喜びだと、今度こそどん底に落ちそうだったので一週間様子見。そして一週間、使い続けても壊れる様子を見せない。

完成と自分に感動！


その日、ちょっとやばいテンションで過ごした。

周りに異様に心配されたことを次の日に思い出した。忘れることにした。忘れるって大切だ。


家周辺の開拓をしながら、気分転換でフライパン作りに挑戦していた。

開拓は一ヵ月以上かかり、フライパン作りは合間合間だったのでほぼ同じ期間。

今思えば、あれは気分転換にはなっていなかったなと思う。ストレスを増やすだけだったな。今度からはしっかり考えてから挑戦しよう……いや、それほどいろいろと挑戦はしたくはないが。どうしても必要ならだ。

気が付けばかなり気温が高い。同じような暑さがここ数日続いている。もしかして夏なのだろうか。そうだとすると、結構この世界の夏は過ごしやすい。

まぁ、まだ油断はできないが。


農業隊が持ってきた、色々な食材が目の前に並べられている。

朝起きて一階のダイニングへ行くと、俺の座る場所の机に見たことのないモノが並んでいたのだ。

これはもしかして、食べて確認しろということだろうか？……朝ごはんの後でもいいだろうか？

ちらっと隣と見ると農業隊の二体がじーっと俺を見つめてくる。

……怖くないからな！　食べるけど。

起き抜けには辛い。だが俺は頑張った。

コショウのような調味料系を発見できた。これはうれしい。……起き抜けには辛かったが、コショウもどきをかじってしまった。何とも言えない刺激が……。

そしてブドウを見つけた。

日本の五倍の大きさだって気にしない、味がブドウなら……ワインが作れる！　お酒が飲める！

酒豪ではないが、お酒は好きだ。

ビールがほしかったが作り方を知らない。ワインは確か潰して発酵させるだけだったはず、俺でもできる！　とりあえず農業隊にブドウの木をちょっと多めにお願いしておいた。

ただ、朝からしびれるような味は、やっぱり遠慮したいものだ。

72. 岩は岩……冒険はわくわく。

巨大な鍋を作った。煮込み料理が食べたい、ついでにフライパンも大小さまざまに作っていおいた。子鍋も作ってみた。家で見た調理器具をそろえて自己満足。

スプーンとフォーク、大き目のお玉も。持ち手部分には銀の鉱石を巻きつけて火傷対策。

あと、巨大な網と鉄板、バーベキュー用だ。子アリ達と子蜘蛛達が目ざとく見つけてテンションが上がっていた……恐ろしい。


後回しにしていた、ふわふわが喜んだ赤く光る鉱石と青く光る鉱石を採取した。

加工部屋で魔力を通したり、溜めたり検討……結果は不明。ただ綺麗な色のついた鉱石だ、俺にとっては。ふわふわが喜んだ理由が分からない、ごめんよ。

加工をすると、光る現象がなくなったが、まぁ気にしなくてもいいだろう。

透明感もあるのでビンに加工した。銀の鉱石で蓋を作って容器が完成。色々なサイズのビンを作っておいた、調味料を入れにちょうどいい。色つきなのでちょっと中身が見えにくいのが残念だが、透明の鉱石を探そう。

ビンを見せたら周りが引いた？　ふわふわはなぜか固まっていた。

……ダメだったのだろうか？　使いやすいけど。

他の洞窟や穴からも気になった岩や鉱石を採取した。

加工部屋で岩と鉱石を並べてみた。

……俺の中での区別はグレー系が岩、きれいな雰囲気が鉱石。岩と鉱石の違いが判らないので俺流だ。そもそも日本で岩や鉱石と触れ合ったことはない、なので、理解不能な存在なのだ。

ただ、役立つ岩と鉱石には名前を付けた。

鉄もどきの岩を鉄。家を作り、炭に代用している岩を万能岩。

名前は聞いて、分かるのが一番だ。

今のところ岩はこの二つを利用している。鉱石は今のところ四つ、こちらは色で読んでいる。

分かりやすいのが一番だ！

洞窟から集めた岩には青い何かが混ざっている岩や、赤黒い色が混じった何とも言えない岩もある。今のところ必要がないので置いておこう。時間ができたら調べるつもりだ。……忘れないように目に見えるところに置いておこうかな。

冒険！　この響きはわくわくする。見つけた迷路のような洞窟に再挑戦だ。

コアとチャイが俺の前を歩いて洞窟へ入っていく。上には子蜘蛛……変化？　した二匹だ。糸を出して天井からぶら下がっている。

びっくりした。

親玉さんも子蜘蛛達も糸を出す種類ではなかった。親玉さんの走るスピードはすごい、コアの本気の走りと遜色ないレベルだ。おそらく足が進化した種類なのだろう。

そのスピードで木から木へ飛び移るから……ちょっと恐怖が。追いかけられていた獲物がものすごい表情だった。あれは確かに怖い。そして獲物の気持ちが理解できる。

静かに手を合わせておいた。

蜘蛛は糸が絶対にあると思っていたから驚いた。今は糸を使っている姿に驚いた。進化なのか？　変化なのか？　不明だ。

そして、子蜘蛛達は成長している。

俺が両手を広げるより強大な体が天井からぶらぶらとぶら下がっている。……糸が切れないか不安になるので、ぶら下がるのはちょっと……。体は成長したのに、どうして糸は細いままなんだ！　見ていたが糸は切れないようだ、思ったよりすごい強度だな。問題がないみたいなので洞窟の奥へ進むことにする。

この洞窟は他とは少し違う空気を感じる、淀んでいるような気がするのだ。

洞窟の入り口からは少し下り、その先に迷路のような道へと続くのだ。……ただしこの迷路には欠点がある。天井が高く壁がそこまで無いため、迷路が上から全て見渡せるのだ。迷路の意味が分からない。

天井に子蜘蛛がいるので誘導をお願いした。問題なく奥へ進めるのは便利だな。

途中罠があった、槍が飛んで来て、壁が迫ってきて、落とし穴があった。槍は子蜘蛛が糸を使い空中でキャッチ、壁はコアが破砕し、落とし穴は風魔法で空中散歩となった。

チャイは風魔法が使えるのか、初めて知った。

ただ、初めての空中散歩は恐かった。腰が引けていたが問題はないレベルだ。ものすごくチャイに心配されたが。

時間をかけずに奥へと進む一団。

……俺はただ、みんなの後ろを歩くだけ。ちなみに俺の後ろにはシオンとサミ、肩にはリスが一匹。俺は何もせず、ただただ歩くだけ。冒険?……ちょっと思っていた冒険と違うな、これ。

73. 新しい仲間!……畑に森。

迷路を抜けると広い空間に出た。迷路を振り返る。

空間に衝立を岩で作ったような何とも中途半端な迷路。天井が高く上まで壁がないので、上を飛び越える動物や魔物だったら問題なくクリアできる。

なんのための迷路なんだ? 人がいる? 過去には人がいたとか?

まぁ、今は関係ないか。

……迷路があったので期待していたのだが、空間には何もない。なんとなくショックだ。何かがあると思い込んでいた。残念。

シオンが壁を前足でほりほりしている。？　何かあるのかとみんなが近づくと、ドーンと壁の一部が崩れた、そして見えた道……隠し扉だったのか！

テンションが一気に戻ってくる。……また迷路だった。

子蜘蛛の案内で突き進む。もう、こうなったら絶対に奥まで調べてやる！

また空間、今度は……犬がいた！　最初のチャイより小さい犬！

コアもチャイも見つけた時より成長してしまった。今のコアはおそらく二メートル以上ある、チャイは二メートル弱ぐらい。

俺が小さく感じる。リスが癒しだ。

今度の犬は……今は小さい。お願いだから、そのままのサイズを希望したい。

皆に見下ろされる悲しさが分かるだろうか。

目の前の犬達は、頭が俺の胸ぐらいのはず、まだ離れているのでちゃんとした大きさは分からないが。

でも、今までで一番小さい犬だ。

顔は、コア家族とチャイ家族より……ハハハ同じ感じだった、怖い。

威嚇してくるが三匹はすでに起き上がれないほど衰弱しているようだ。三匹の前で四匹が守るように威嚇している。

どうしようか、穏便に敵ではないと……コアとチャイが前に出て……！　でかくなった。

何？

ちょっと初めてのことに腰が抜けそうなんですが……何とか耐える、味方にビビって腰を抜かすのはちょっと。

見つけた犬達も尻尾巻いている。うん、その気持ち分かる！

ちょっと気持ちを落ち着けようと視線をずらして深呼吸。仲間なので大丈夫、大丈夫……仲間でよかった。

さて犬は、完全に降伏状態になっている。……だよな。

近づいて状態を確認、呪いの影響は見られないが。

「浄化」「呪縛解除」「ヒール」「クリーン」。

全部一通り魔法をかけて終了。

弱っていた子達も顔をあげれるまでになったようだ。まだ不安が残るが、とりあえずは大丈夫だろう。

コアもチャイも元のサイズに戻っている、よかった。

洞窟は犬を見つけた場所が最後……何のための迷路だったんだ？　ま、犬を保護できてよかった。

犬達を家へ招く。

コアがうまく伝えてくれたのか、最初の威嚇以降は何事もなく家へ到着した。

橋を渡り畑を抜けて……広いな。まだこの広さになれないのだが、慣れるしかないのか。なんとなく畑を見回してながら歩いていると、家の奥にある畑のもっと奥に何かが見える。見える景色が、どうも朝と異なっているような気がする。

何だろう？

犬達には、家の前で待ってもらって確認に向かう。


……遠すぎる！

目の錯覚だと思いたいが、え～畑の一部が森に変化していた。

上を見ると、すべての木に何らかの実がなっている。木の埋まっている状態から、しっかり整理されているようだ。農業隊に。

埋まっている木を確認していくと、俺が野菜と判断した葉野菜の木六種類が各五本。実野菜の木九種類が各五本、果実の木が一七種類で各一〇本。そして俺のテンションが上がったブドウもどきは三〇本。

……広い畑なのでまだ余裕があるな、すごいなこの広さ。農業隊は頑張っているし……。うん、現実を見よう。

今日だけで、これ全部？　そういえば親玉さんとシュリ、その家族が朝から気合が入っていたな。

ハハ……すごいな、ありがとう。これ以外に何が言える？　収穫がすぐ近くでできるのはいいことだ、きっと。

74. 調味料作り……魔法、あれ？

置いておいた、味の薄い野菜と甘味とえぐみがすごい野菜。

実は調味料になるかもと期待している。日本での知識がこの世界に当てはまれば、一つは片栗粉、もう一つは砂糖だ。今は塩と魚醤だけだから調味料を増やしたい。

味が薄い野菜は食感が男爵に一番似ていた。無味なので残念だが、思い出したのがジャガイモから作る片栗粉だ。作り方も簡単で覚えている。

とりあえず無味野菜の皮をむいて、すりおろす。

このためにすりおろし器を自作した。銀の鉱石は使い勝手がとてもいい。綺麗にすりおろせるので指に注意が必要だけど。

布の中にすりおろした無味野菜を入れて、岩ボールの水の中で布をもむ。ひたすらもむ。

記憶にあるより色が薄いが水の中に成分が出てきた。布を絞って絞ってしっかり成分を出し切る。

岩ボールを二〇分ぐらい放置。

ここからがドキドキだ。

二〇分すると岩ボールの水を静かに捨てる。下に何かが残っていたら成功の可能性が高い、なかったら失敗となる。

「お、あった！」

水を捨てるとそこには、水を含んだ白い塊が出てきた。そこに水をもう一度入れて、かき混ぜて二〇分放置。また、水を捨てて、もう一回、同じことを繰り返し汚れを取り除いてく。三回目の水を捨てたら底に残ったモノをお皿に移して乾燥させる。魔法で乾燥させるとお皿の上には固まった白い塊。塊をつぶせば白い粉が出来上がった。

お肉にまぶして油で揚げてみた。とりあえずはお試しなのでから揚げ一〇個。味付けは塩。

……久々にうまい、涙が出た。

天井から子蜘蛛の一匹がぶら～ん……糸を使える個体が増えているようだ。

内緒です、まだ片栗粉が少ないので。賄賂を渡した。

残りの無味野菜を全て片栗粉に、一日中作業して何とか終わらせることができた。

寝る前に魔法の存在を思い出した、何ですべて手作業で頑張った俺！


今日こそ魔法で砂糖にも挑戦だ。

日本ではビート糖という砂糖があった。そのビートが、甘くえぐみがすごい野菜だと聞いた記憶があったのだ。なので、甘さとえぐみを持つ野菜が採れた時、実はかなり期待した。

見た目がこの野菜はちょっと不気味だ。色が紫で表面がぼこぼこしている、大丈夫だよな？

まぁやるしかないか。

作り方は……うろ覚えだ。

母が一度だけ、テレビに感化され試したことがあった。その作業を隣でちらっと見ただけなのだ……不安だ。

確か煮ていたような？　まぁ何事も挑戦だ、煮てみよう。砂糖の成分を煮出すのだろうな、なら野菜は小さく方がいいか。小さく切った野菜を鉄の鍋に投入、水を入れて煮ていく。灰汁が出る。綺麗にとらないと、これがたぶんえぐみの元だろう。

やばい、一時間ぐらい変化がない。成分が出ないのかな、水がお湯になって蒸発していくだけだ、失敗かな……でも、ここで止めるのもな。あと少しだけ。

お、お湯が紫色になりだした。

成功か？　とりあえず、少しだけ小皿に紫のお湯を取り出して様子を見る……固まらないな。

もう少しだけ火にかけて見よう。三〇分ぐらい経った時にまた色がより一層鮮やかになった。お湯にもかなりとろみがついている。火からおろして、野菜のカスを取り除き、様子を見る……固まった。

砕いて小さいモノを食べてみる……甘い！　知っている甘さより甘味が強く旨味もある。

できた～。

残りは魔法で……煮詰める作業を魔法で行うと、色もとろみも同じなのになぜか固まらない。砂糖作りでは魔法は役に立たないようだ……はぁ～。

焦がさないように頑張った、その甲斐あって大量の砂糖が手に入った。

何とか夕方までには全ての野菜を砂糖にすることができた、大鍋を作っておいてよかった。調子に乗って作った時は、大きすぎる鍋に悩んだが、まさか活躍する場ができるとは。

羽トカゲの肉を照り焼きにしてみた。白ご飯がほしくなるが、気になる葉野菜と合わせても美味かった。

匂いに誘われたのか、調理を見に来たコア達の目が怖かったので大量に作った。食事中は、そっと視線を逸らすことが多くなった。調味料が増えるたびに、穏やかな食事風景が遠くなる気がする。

とりあえず、魚醤がもっと必要だな。

75. 暑い……気にしない。

誰が過ごしやすいと言った！　俺だけど！　俺だけど！

熱い、違った暑い。

夏がどうやら本番らしい。というか、本番であってほしい。ものすごい暑い。

温度計がないが、絶対四〇度近くないですか？　と聞きたい。聞く人いないけど。……やばい、暑さで頭がおかしくなっている。…………暑い。


気持ちいい～。

川があってよかった。流れるプールならぬ流れる川だ。綺麗な川で透明度がすごい。

……何かいっぱい視界に見えるのだが、気にしない気にしない。

エビっぽいけどちょっと違う生き物とか。消えたり現れたりする魚もどきとか。気にしだしたら川では遊べない。

涼し～。

そういえば俺って、さっきから何に乗っているのかな？　何かな？　視線を向けると透明なアメーバみたいなモノが見える。ただし俺が余裕で乗れるほどデカいが……生き物？

観察してみるが、よく分からない。顔の位置も分からない……あ、生き物だ。目を発見した。目だけ？……どこかに口もあるのかな。それにしても大きな体なのに小さい目だな。

巨大なアメーバもどきは、体のすべてが透明で、かすかに全体像が分かる状態。顔の位置は目で判断だな。大きさは三メートル？　もっとあるかな。水の中でぴよ～んって感じなので分からない。

こいつ冷たい。気持ちいい。……敵じゃないよね？

流されて流されて、家の裏の畑を通り越して果実の森ゾーンへ。森と森の間を抜ける川になっている。

大改造後、森ゾーンだけ二回ほど拡張がされてきた。大改造ほどではなかったので数日で完了したが、……森ゾーンが当初より五倍くらいになった。

農業隊に反対はしない、ベッドの足元に朝起きたら三〇体が……三〇体のお願いは怖すぎる。あれは恐怖以外の何物でもない。……呪いでも、かけられているのかと思ってしまった。

森の中の川でぷかぷか、森が続く、続く。広いな～。……広すぎるとか、思ってはいけない。

川をゆっくりアメーバに乗ってくるくる。

ぼーっと空を見ていると、木が空を飛んでいる……飛んでいる！

びっくりしているとアメーバが止まってくれた。すごい、こいついい奴だ。

で、……なるほど果実の森の木って空中に浮かせて運んでいたのか。ずっと疑問だったのだが判明した。それにしても根っことか下から見るとすごいな。

……というか何本飛んでくるんだ？

木が次々と飛んでくる光景。何だろう、怖くはないが微妙な光景だな。ん～例えは思いつかないが微妙だ。

木には子蜘蛛が、一匹ずついるのが下からでも見えた。俺の近くに来ると、なぜか飛んだりしてアピールしてくる、可愛い。ぼーっと見ていると、もっとアピールしてきた。

……手を振って、頑張れと応援しておく。

木の間の空を駆けるシオンとクロウの姿が見える。ん？　空の上に？　羽もないのに？

空中を走り回っているシオンとクロウ、見間違いではないし、羽が生えている雰囲気もない。あれも魔法なのかな。火の魔法だけじゃないのか、すごいな。コアとソアとヒオもできるのかな？

……羨ましい。

お、最後の木かな、シュリが木の上に乗っている。

前足を挙げたので手を振り返す。葉の間から子アリが姿を見せて手を振り振り……すごいな～。

木の根を上手に切ってくれているのはシュリとその家族かな？　土の中ではすごいからなあの家族。に、しても暑い。

全ての木を見届けると、アメーバがゆっくりと動き出す。

それにしても木が飛んでいたな、オオカミ達が飛んでいたな……異世界はすごいな。

慣れたと思っていたけど、びっくりすることはまだまだあるんだな～。気にしないことに集中しよう。

76. ガルム　アイ。

―犬で間違いないアイ視点―


長い時、見えない敵と戦い続けた。

仲間が飲み込まれて襲いかかってきた時、自分を見失いかけた時。その都度何度も最後と覚悟しながら、生きながらえてきた。

それでも限界が見え始めた時、周りを見ると仲間の数はかなり減りあとわずか。

少しでも休める場所を探して森をさまよい、一つの洞窟にたどり着いた。王の誰かが作ったであろう場所で、最後の最後まで魔眼と闘おうと仲間と寄り添う。

どれほどの日が過ぎたのか不意に心地よい風が洞窟内を流れる。飲み込まれそうになっていた意識が解放されふっと軽くなる。

何が起きたのか。

周りを見るが洞窟の中では分からない。今の森では、一つの変化が恐ろしいことに繋がるかもしれないと緊張する。

何とか立ち上がり警戒をしていると、もう一度風が流れる。魔力を含んだ風だ。心地よく体の隅々まで癒すような優しい魔力。体から魔眼の力が完全に消え去る。他の仲間も同じようで、少し軽くなった体に驚いている。

ずいぶん体力を奪われているようで、立ち上がることはできるが動くことがままならない。森がどうなったのか確かめたいが、今の状態では無理だと判断した。もう少し体力を戻してから、森を確認しようと仲間と確かめ合う。


最初の変化から何日過ぎたのか、あまりに体力を奪われすぎてなかなか動けない。それでも何とか森を確認すれば、森に溢れていた魔眼の力が消えていた。しかもあの日、俺達を癒してくれた魔力が森全体を守っていることが分かる。

脅威は去ったと考えるのは早すぎるかもしれないが、それでもホッとする。

仲間の数匹がすでに限界に近い。何か獲物を狩ってきたいが体力的に今は無理だ。ここ数日は、癒しの魔力が風に乗って届くようになった。その魔力のおかげで僅かずつだが体力が戻りつつある。あと少し体力が戻れば、最低小さなモノは狩れるだろう。

小さい獲物を狩ることができた。まさかたったそれだけで、ぼろぼろになるとは思わなかったが。
癒しの風に感謝だ。あれのおかげで治りが早く体力の戻りもいい。まだまだ完全ではないため、仲間を癒せないのがつらい。だが、何とか仲間の危機を延ばすことはできた、きっとまだ間に合うはずだ。

数日の休憩を挟み、狩りに出かけようと用意をしていると、洞窟の入り口の方で音が聞こえた。動ける仲間と警戒をしながら様子を見る。

王の一角のフェンリル。その横はダイアウルフ？　なぜ、種の違うもの達が一緒にここに来たのだ？……あれはアルメアレニエか？　糸を持つアルメアレニエなど聞いたことがないが。感じる気配はアルメアレニエだ。どうなっているのだ？

人間？　なぜ、人間が！　人間は敵だ！

威嚇するとフェンリルとダイアウルフが怒りを露わにする。そのダイアウルフの姿に驚いた、巨大化している？……目の錯覚ではない、ダイアウルフは多数で狩りを行う種で、巨大化などできないはず！

一瞬、人間に意識を奪われたが、ここに居るのは俺達よりも強いモノ達ばかりだ。降伏して様子を見ることしかできそうにない。

人間が近づいてくる。

恐怖を感じ襲いかかりそうになるが、フェンリルが守るように殺気を送って動きを封じてくる。

動けないでいると、四回ほど魔力が体を通り過ぎる感覚に襲われる。

その魔力に驚く。癒しの魔力と同じだ。

魔力にはそれぞれ特徴が出るため同じではない。目の前の人間からは、魔眼を払いのけてくれ、俺と仲間を癒し続けてくれた魔力と同じものを感じる。

驚いて固まっていると、重たかった体が一気に軽くなり、不調を感じていた部分が消える。そうかこの人が、我々を救ってくれた魔力の持ち主なのか。

フェンリルが仕え、ダイアウルフが限界突破の力を得て、アルメアレニエが新たな進化をするほどの魔力を持つ主。自然と尻尾が振れてしまう。

77. チュエアレニエ二　親玉さん。

―巨大に成長した蜘蛛の親玉さん視点―


目の前を天井から、糸でぶら下がる我の子を見る。我の一族にそんな種はいないはずなのだが、間違いなく我が子だ。

いつの間にやら進化をした、糸という不思議なモノを持って。……面白い。

我の体は火に特化した強化体、業火をまといし一族。マグマの中でも、自由に動けるほど熱さに強く速さという武器も持つ。動きが速くそれは木の上でも変わらない。業火をまとい速さで敵の動きを止める、それが我ら一族の基本……そのはずなのだが。

天井からぶら下がっている我が子に声をかける。

糸か……その糸はどんなモノなのだ？　熱や火では切れないのか、そのあたりは我ら一族の力であろうな。糸を自由に飛ばすことができるのか？　なるほど、糸を飛ばすスピードは？　走る時と同じなのか、それは速いな。姿を現さず、敵を捕まえることができるのは便利だ。

ん？　罠を張れる？　糸を木に引っ掛けていって粘着を出す？　粘着とは、ほう。くっ付いたら外れない、それは便利だな。どうやって作っているのだ？　熱で糸を少し溶かす？　熱には強いのであろう？　糸にかかっている効果を少し無効化する、なるほどなるほど。その粘着の効果はどうじゃった？　ほ～では、森の獲物にはほとんど有効的に使えるということか。うん、いい進化をしたということだな。

いつの間にやら、半分ほどの子供達が糸を持つようになっていた。少し不向きな者達も居るようだ。ん？　糸に火をまとわせることに成功した？　頑張っておるな、すごいぞ。

主は今日も川であるな。川のそばは気持ちがいいモノだ。業火を持つ我でもこの傍は離れがたい。川に巡らせた主の魔力。その魔力で、川の水はどこよりも清らかで優しいモノとなっている。

主をのせている水の精霊を見る。綺麗な水で全身が瑞々しく透明度が高くなっておる。あれ程の精霊は今まで見たことがない。

ん？　精霊が随分と集まってきておるようだ。主の魔力に誘われたのか？……そのようだな、主の魔力を吸収しておる。精霊は綺麗な魔力を好むからな……しかし、結構な数の精霊が近くに居ても問題ない主もすごいな。主の魔力は底がしれんの。

魔力を与えるだけでなく、精霊達を遊んでやってもおる。心が広い主だ。

お、今日の獲物はトートラグ、レッドデスフロッグか。

あのダイアウルフもいつの間にか進化しておる。他のダイアウルフとは力の差が歴然としてきておる……ん？　他のダイアウルフも力をつけてきておるのか。

さすが主が認めた種族ということか。

ゴーレム達が自由に解体を初めておるわ。解体するスピードが早いの、見るたびに早くなっているような気がする。そういえば、最近では住処の外の森を、走りまわっているゴーレムもおるのだが、ゴーレム達に、また新たな力でも加わったのか？

スピードは我らと引けをとらず、魔法の技も多種多様に操り、魔力も充分に主に分け与えられている……これ以上となると、さすがに恐ろしすぎる存在になるぞ。

おっ、主が川から出るようだ。そろそろ食事じゃな。最近は主の作るものが待ち遠しくてならんな。

ん？　糸が絡む？　糸の先まで魔力をしっかり行き渡らせるのがコツじゃ。ここをしっかりしておけば、糸は自由自在じゃ。

見ておれ。ほらの？

背から三本の糸を出して三本ばらばらに動かしてみせる。ついでに前足からも出して一本追加。それぞれを自由に動かして形を作って子供らに見せていく。

糸というのは面白い。使えるようになるのに少しコツが必要じゃったがコツさえ覚えれば問題なく攻撃、防御にも使える。罠という新たな技も使えるようになる、ほんと便利なものじゃ。

……？　どうした主？　何か驚くようなことがあったかの？

78. 蜘蛛？……土の穴から。

暑い日が続く。川で遊ぶ日が続く。

特に暑さに弱い俺には辛い。……寒さにも弱いが、ここの暑さはちょっと異常だ。絶対四〇度を超えている。……暑い～。

今日も川に流され……アメーバの上でひんやり中だ。アメーバは水の中に居るからなのか、冷たくて気持ちがいい。そういえば川の水も冷たいままだな。太陽にずっと照らされているのに。

……ありがたいから気にしない。

ん？　横を見るとアメーバの顔？　下を見るとアメーバの顔。……増えてる！

もしかして分離？　アメーバって分離するって聞いたような、あ？　それだとどこまで増えるんだ？　まぁ、様子を見ようとアメーバ一号？　から周りを見渡して、いっぱい分離してる！　いつの間に！

よし、……見なかったことにしよう。心の平穏って大切だと思う。

そろそろご飯にしようかな。

今日はなんちゃって肉じゃがにしてみた。お肉大量バージョンだ。玉ねぎっぽいのとジャガイモっぽい野菜も入れて、この世界で初の肉じゃがもどき。

楽しみだ。

朝から作って、今は味を染みこませている最中だ。……本気でご飯がほしい。

結界を張る時に気になったあの場所に行ってみよう……ただし、ちょっと暑さが過ぎてからにしよう。

今は無理、絶対無理、川から離れるとかどんな苦行だ。


……あれ？　蜘蛛ってあんなところから糸だしたっけ？

少し離れたところにいるのは親玉さんと子蜘蛛達だ。親玉さんの背中から、糸が三本出ているように見えるのだが？　前足からも？……蜘蛛ってどこから糸を出すんだっけ……あっ、掌か。いや違う、あれは蜘蛛の力を得た人間ヒーローの映画だ。昆虫の蜘蛛はお尻だったはずだが……。

……ここは異世界、そう異世界だ。

糸がどこから出たっておかしくない世界だ、気にしないからな！　いつの間に、親玉さんまで糸を出せるようになったんだろう？　本当に不思議な世界だな。

肉じゃがもどきはうまかった。うん、怖かった……違う。久々に心に染みた味だった。

はぁ~見ないふりができなくなってきた。最近、どうにも争奪戦が激しくなっている気がする、作る量を倍に……いや、三倍にしようかな。

とりあえず、大鍋をあと三つぐらい作ろう……四つ？　五つ？……五つにしよう。きっと無駄にはならないはずだ。

……飛ばされた子アリ達を見て決意した。


川に遊びに行こうとしたら、シュリの穴が増えていた。広い広場の家の近くに穴二つ。入口と出口か？

なんだ？　ちょっと穴に漂う雰囲気が違うような……。

シュリの巣穴の穴は近づくと、恐ろしい雰囲気を感じる。あの雰囲気はなんだろうか、飲み込まれるような……。何とも言えない印象があるのだ。

新しい穴は、もう少し……優しい感じ？　感覚って難しいな。

近づくと穴からシュリではなく爬虫類の顔！……トカゲっぽいのが出た！　びっくりした。

襲われるかと焦ったが、穴から顔を出してこちらをじーっと見ているだけ。

見られているので見つめ返す。見つめているだけでは面白くないので、手を振ってみる。

あっ、近づいてきた、困ったな。

トカゲ？　何かちょっと日本のトカゲとは形が微妙に違う。まぁ異世界だからな。

こっちの獲物も似ているようで、みんなちょっとずつ違うし。とりあえずデカさが違う。

トカゲっぽいトカゲでいいか。……普通にトカゲでいいよな、思考回路が暑さにやられている。

トカゲを見てシュリが喜んでいる。

コア達はちょっと挨拶っぽい感じで鼻と鼻をくっつけていた。異文化交流って感じかな。……違うな絶対。

チャイ達はちょっと怖がりながらも伏せ状態。親玉さんは前足をトカゲの鼻にポンポンとあてた。

……あれは挨拶なんだろうか？　種によって違う挨拶方法があるのだろうか？　不思議だ。

ふわふわとはかなり仲がいいみたいだ。

一緒に飛んでいた……飛んで！　羽がないのに飛んでいる。あ、いやふわふわは羽があるのに、使わずに飛んでいるんだった。一緒か。

形は違うが同種だったりして？　まさかね、ないない。見た目が違いすぎる。なんで同種なんて思ったんだ？　まぁいいか、とりあえず新しい仲間が増えた。


家の中から、まだ少し不安を感じる痩せ方をしている犬達が顔を出した。ちょっと驚いた顔をしている……どうしたのだろう。

こっちへおいでと手招きするとちょっとびくびくしながら近づいて来る。その様子は可愛いが、まだ一匹は動けないようだ。心配だな、あとで様子を見に行こう。

早く元気になってほしい。

今日も川でアメーバと戯れている。最近の記憶がずっと同じなのだが……そろそろやばいな俺。

でも、暑いしな〜……どうにもやる気が出ない。もう少し涼しくなってくれればいいのに。

よし！　みんなのご飯づくりを頑張ろう。大量に作らないと怖いことになりそうだし。

お、帰ってきた。

新しい仲間の犬達が今日は全員でお出かけしたのだ。体調がなかなか治らなかった一匹も一緒だ。

心配だったが、その子も大丈夫のようだ。まだ他の子と比べると、痩せてはいるが問題なく走れている。

よかった、これで一安心だ。

そろそろ皆の名前を考えようかな。

犬達のお供を、チャルとチャタにお願いしておいた、二匹とも今日はありがとう。特別にご飯

……いや、やめておこう、みんなの攻撃対象になりかねない。頭を撫でるだけに止めておいた。

俺だって空気は読める。

79. ガルム二　アイ。

―犬で間違いないアイ視点―

住処の外が騒がしいと思ったら全員が家の外にいる。主が外にいる時は、仲間のほとんどが外にいるが、全員となると珍しい。仲間を引き連れて外に出る。

……え！

俺も仲間も足が止まる。目の前には……土龍がいる。かつての姿とは程遠いが、確かにあの魔力と気配は土龍で間違いない。以前から水龍がいて驚いたが、土龍まで主のもとに集まるとは。

主は……平然と受け入れているようだ。少し怖いが近づくと主が心配してくれた。水龍も土龍も、格下の俺達にも普通に接してくれている、それはおそらく主がそうしているからだ。主は心がとても広い。いつか主の役に立ってみせる。

今はまだ、俺も含めて本調子ではないため、狩りにも行ってはいない。申しわけなく思うが、とりあえず体を治すことを優先している。主もそれを望んでいるようなのだ。だが、そろそろ体の方も体力が戻り、走ることも問題がなくなってきている。最後まで不安があった仲間も立ち上がることができるようになった。あと少しで主の役に立つこともできる。

初めて主という存在を持ったが、これほどうれしいモノだとは。

森の中を全速力で走る。まだ少し本来の動きができていないモノがいる。ずっと体を動かしていなかったのだから、仕方がないのだろう。俺もまだ本来の動きとは言えないな。

俺達と一緒にダイアウルフのチャルさんとチャタさんが走っている。まだ本調子ではない俺達を心配して、主が一緒に行くように言ったようだ。正直ありがたい。

森の中には、今の俺達ではどうすることもできない敵がいる。無茶をして主を悲しませるつもりはないが、逃げるだけでも命がけになる。今日はある程度、体を慣らすために走って帰ることにした。


連日続く暑さ。

森から消えていた季節が、戻ってきたのだ。これも主の力なのだろう、やはりすごい。

ゴーレム達が家に入るのを主が確かめている。今日は終わりなのだろう。

畑という場所で仕事をしているゴーレムの数に最初驚いた。多すぎる。

まさか主一人ですべてに魔力を供給しているとは。結界の維持に魔力の循環、そしてゴーレムの維持。主の魔力はすごい。


ごはんという時間になった。

主は食べる時間がほぼ決まっているようで、俺達もそれに合わせている。主の作るごはんは不思議なモノですごくうまい。今まで食べたことがないモノがいっぱい出てくる。

楽しみの一つになった。

同種仲間もほかのモノ達も楽しみのようで、雰囲気が楽しげになる。……中にはすごいやる気を見せる者達も、居るには居るが。

主が儀式をすれば、食べる時間となる。

そこからは楽しい時間だが、ちょっと怖い時間ともなる。食べ物をかけた争奪戦となるのだ、俺達は怖いので参加はしていない、ちょっと離れたところでおとなしく食べている。

争奪戦も見ていて、応援したくなる対戦と、本気で逃げることを考える対戦がある。

特にコアさん達フェンリルと親玉さんの子供アルメアレニエの争奪戦は、始まれば速攻で逃げる。アレはやばい。

シュリさんの子供アビムフールミとラタトスク達の争奪戦。睨み合っているだけでも、そばを離れる。何とも恐ろしいモノを感じるのだ、あれは。

この二つの争奪戦には絶対に近づかない、というか、逃げれるようにちょっと構えている。

今日も不思議なごはんが出てきたがうまい。イビルサーペントがこれほどの味になるとは。

あれ？……知らない間に争奪戦に参加していたようだ。おかしいな、怖いから避けていたはずが。

それにしてもうますぎる。早く本来の力が戻ってほしい、そうしたら最後まで粘れたのに。

「アイ」

主が最近、俺に向かってアイと呼ぶ。チャイさんに確かめると、おそらく名前だろうと教えてくれた。

俺に付けられた名前、少し不思議な響きを持つが気に入っている。仲間も名前が付けらえたようで一生懸命覚えている。自分の名前を覚えたら仲間の名前も覚えよう。

80. 頑張って覚える……三倍？ 五倍？

新しい仲間の犬に名前を付けた。例のごとく勝手に。問題なしと思いたい。

犬達を見ていると、自然とリーダーらしきに存在に気が付いた。最初は分からなかったが、森へ出かけたりすると自然とその犬を中心に動いている。衰弱していた仲間を一番気にかけていた子だ。

この新しい仲間のリーダーも、随分と頭がよく仲間思いらしい。

最近思い出したのだが、犬もオオカミも縄張り意識が強い動物だったはず。新しい仲間が溶け込めるかと心配したが、特に問題はないらしい。知能がみんな高いので妥協してくれているのかもしれない。

感謝だな。

さて、名前を付けようと犬達を見る……みんなよく似ている。名前を付けたら、間違わないように気を付けよう。

自分で付けた名前を間違えるとか失礼すぎる。

リーダーだと思う犬を藍《アイ》。

他に三匹オスがいてそれぞれ奏藍《ソラ》、音藍《ネア》、藍鬼《ラキ》。

メス犬三匹を藍美《アミ》、藍夢《アユ》、姫藍《ミラ》に決定。

犬達は毛の色が、藍のような色合いだったのでそこから発想した。自分なりに満足しているので問題なしだ。

数日経つと、名前で振り向いてくれるようになった。頭が良いな。余計に名前を間違えられない、本当に頑張ろう。

今まで岩の家で生活していたが、体調が戻ったのだろう。なぜか外の小屋を希望した。まぁ生活しやすい場所が一番なのでいいけど、ちょっとさみしい。


もう一匹仲間になったトカゲ。

やはりちょっと形が違う。まぁ問題になるほどでもないからいいが。というか、日本に浮かぶトカゲはいない。姿が違うことなど些細なことだ。

名前だが、……飛びトカゲになった。

飛んだことが印象的で仮の名前を付けたのが失敗だ。名前を付けようと他の候補をいろいろ考えたのだが、飛びトカゲを本人が異様に気に入ってしまったのだ。

候補の中でこれだっと思う名前で呼んでみたが、無反応を返された。他の名前で呼んでも結果は同じ、反応を示すのは飛びトカゲだけ。あまりに直接的な名前で迷ったのだが、本人希望なら仕方がないかと諦めた。

まぁ可愛いのでいいか。

ふわふわと飛びトカゲはよく一緒にいる。俺と一緒に川を流れていることもある。川に浮かぶ、

俺、ふわふわ、飛びトカゲ、アメーバがいっぱい。……不思議を通り越して不気味な集まりに見えないかなこれ。まぁ、だれも気にしないけど。

昨日、不気味な蛇が大量に狩られてきた。ちょっとビビってしまったが、問題は食えるのかということだ。まぁ、持って帰って来るのだから、食えるのだろう。

ちょっとドキドキしながら少しだけ焼いてみた。鶏肉だった。巨大なウサギが一番鶏肉に近かったが、こちらの方が鶏肉に近い！　というか、ウサギにヘビ……見た目からでは分からない物だな。

今日は朝から大量の仕込みをしておいた。鶏肉といえば唐揚げだ。魚醤と砂糖で下味をつけて、片栗粉をまぶして揚げる。楽しみだ。

ただ、足りるかどうかが不安だ。以前、巨大なウナギでから揚げもどきをした時は、数が足りずエキサイトしていたからな。あの時の三倍の量にはしてみたが、……お願いだから足りてほしい。

付け合せに、ジャガイモを湯がいてつぶし、魚の魚醤炒めを混ぜたモノを作った。

卵がほしいがないのであきらめる、卵も見つけたいな。卵があったらマヨネーズができる、ホットケーキにプリン、駄目だこれは思い出すな！　好物を思い出すのは今は辛い。

あ～、でもそろそろ主食がほしいな。米でも小麦でもいい！　まだまだほしいモノがある……もうちょっと涼しくなってから頑張って探そう。

いつもの食事の風景、いつもの争奪戦。アイ達が初めて参戦した。いつもはちょっと離れたところに避難していたのに……。三倍でも足りないのか、次は五倍か？　つくる手が足りないのだが……。

争奪戦に敗れた子達の視線が痛い。とっても痛い。

唐揚げうまい。ジャガイモサラダもどきもうまい。今日の食事も満足だ。現実逃避……いい言葉だ。

そういえば俺のは取りに来ないな。取りに来たら……速攻、逃げるな。

あの争奪戦には参加したくない。間違いなく一瞬で勝負が決まる。俺に逃げ以外の選択があるはずがない。

……あまりにも弱いから、慈悲をかけてくれているのかも知れない、ありがとう。

そういえば、最近料理中に一つ目達がいつもそばにいるよな。……手伝ってもらえるとうれしいが、料理はどうなんだろう。

試してみてもらおうかな。うん、そうしよう。一つ目達が手伝ってくれたら、もっと量が作れるようになるから争奪戦が収まるはずだ。

穏やかな食事時間が取り戻せるはず！

あっ、でもそうなると調理するスペースが少し狭くなるか？　いや一つ目達はそれほど大きくはない、大丈夫か。いやまて、作る量を増やす予定なんだよな。えっと、今日の量の唐揚げを作るのに作業スペースはぎりぎりだった。正確には作業台に肉の小山ができた。ということは、量が増えたら作業スペースが確実に足りなくなってしまうということだ。それは問題だな。一番いいのはキッチンを広めることなんだが……。あっ、作る量が増えるなら揚げる場所も増やす必要がある。そうなると今のキッチンの広さでは足りない。どうしようかな？

81. ある国の魔導師。

―エンペラス国　上位魔導師視点―


目の前にある巨大な魔石。その魔石に入った縦のヒビ。

修復せよとの命令が下ったため、魔導師達は準備を始めた。私はその修復準備に参加せず、原因の究明を厳命された。

魔導師達のトップの存在である魔導師長。その魔導師長が王にもたらした一つの現実。

魔石の結界は破られていない、また調べた結果歪みも穴もなく結界に問題は見つからなかった。にもかかわらず、結界内への攻撃が行われた。その異常性だ。

その報告を挙げた時の王の顔。

信じることを拒否したい、そんな雰囲気が全身からにじみ出ていた。だが現実なのだ。どう調べても結界には何の問題もなかった。

数日後に原因の究明を最優先にするよう、魔導師長に命令が下された。

魔導師長の顔に苦渋がにじみでる。補佐をする私もその難しさが分かる。どう調べろと言うのか。

全くどこから手を付けていいのかが分からない。攻撃が届く以外はすべてが正常なのだ。おかしなところがないのに、どうやって調べるのか。

魔石を見る、自業自得なのかもしれないと心の隅で思う。

魔石を強化するために、どれだけの命が使われてきたか。王の命令とはいえ、実行したのは魔導師だ。そう、魔導師長とその補佐達なのだ。

王は自身の寿命を延ばす前に魔導師達を実験に使った。魔導師長と補佐三人。

寿命を延ばすために殺されたモノ達。その数を正確に知っているのはこの四人だけだ。そして魔石に注がれた命の数がどれほどかも。成功するまでに、どれほどの命が無駄に散らされたのかも。

今でも思い出す。

一人の少女。最後の最後まで私の顔を睨み付け、目をそらすことをしなかった。

あの当時、寿命を延ばすことに成功し、自分が人より優れた存在になれたと喜んだ。

だから……少女の目が気に入らず何度も殴りつけてしまった。それでも目をそらさず。それを見て優越感に浸った当時。

思ったことはただ一つ、強いことがすべてなのだと。……強ければ、すべてが許されると。

現実に、あの日からすべてが順調に過ぎてきた。立ち止まることもなく、多くの死を積み上げた。

だが、今はあの少女の目そして叫んだ言葉が頭からはなれない。

「世界はお前達を許さない」

頭からはなれない言葉が口からこぼれ落ちる。隣の魔導師の仲間がびくっと震えたのが分かる。

補佐としてここまで一緒に来た一人だ。言葉の意味を正確に理解できる一人でもある。

森の王は、魔石の力で抑えたはず。いや、抑えきった。これに間違いはないはずだ。

ならば今、この国を攻撃しているのは森の王ではない。その上、もしくはもっと上の存在がいたということになる。

森はこの世界の中心と言われている、それを手にできる存在。

おそらく我が国の王が求めた存在が、すでに居たのだ。森の王ではなく、世界の王と呼ばれる存在が。

……いや、もしくは森の王達が、世界を守るために呼び寄せたか。そうでなければ数百年の沈黙が説明できない。

底知れな力を見せつける世界の王……この国はその存在の怒りをかっている。してきたことの報いとして。

捨てたはずの罪悪感がひしひしと心を蝕《むしば》む。王に仕えるには必要のなかったモノ、あると邪魔になるモノ。だから捨てたはずだった。だが、おそらく捨ててはダメだったのだろう。

魔石を見つめる。

この世界で一番、強固な存在だったはずのモノ。

まさかこれほどのヒビが入ってしまうなど。このヒビを修復するために、またどれだけの命がささげられるのか。

だが、……世界の王はそれを許すか？

番外編・魔法の練習？……もっと強く！

家からかなり離れたところまで来ると、周りを確認する。少し開けた場所なので、やろうと思っていることにはうってつけだ。お供に来てくれた親玉さんとシュリに声をかける。

「ここでやりたいことがあるから、少し待っていてくれ」

話したところで理解されないが、それは仕方がない。種が違うのだから。とりあえずジェスチャーで、少し離れてもらうように頼む。二匹と、その子供達が離れるのを確認してから一度深呼吸をする。

「さて、やるか」

今日は魔法を色々と試してみようかと考えている。呪いに掛からないように、急遽発動した魔法による結界。今のところは問題なく守ってくれている。だが、俺は魔法について何も分からないので、この結界がいつまでもつのか不安で仕方がない。起きている時に結界が消えるならいい。すぐに気が付いて対処ができる。だが、寝ている時だった場合は気付けない可能性が高い。起きて呪いに掛かっていたら……怖がりの俺からしたら、恐怖以外の何者でもない。昨日ふと、そんなことを不安に思うのも魔法を知らないからだと気が付いた。もっと早く気が付けよと思うが、知らない場所での生活で気持ちに余裕がないのだ。ある意味、気が付けただけよかったと思う。

で、魔法で何ができるのか調べていこうと思う。とりあえず、水と光は出せる。出した水を暖かくすることもできる。

「まぁ、やってみるか」

水はすでに何度も魔法で出しているので、イメージを作る必要はない。一度イメージを作り、魔法を発動しておくと二回目からイメージを作る必要が無いことまでは勉強した。ただしイメージを変えて水魔法を使うと、前に使っていた水魔法を使う時はまたイメージを作る必要がある。これが結構な手間なんだよな。日常生活ではコップ一杯分の水が出るようにしている。が、風呂はそれでは足りない。なので、風呂の水を入れる時は毎回イメージを作っている。そして風呂の水を入れ終わると、コップ一杯の水をイメージして一度魔法を発動。これを忘れて、キッチンで水魔法を使うとものすごう大変なことになる。なんせ、コップから大量の水がでてくるのだ。すでに二回も経験している。その都度、一つ目達に協力してもらって片付けているが、そろそろ本気で怒られそうだ。なので、失敗を繰り返さないように、対策を考える必要がある。まぁ、水もクリーン魔法をかけてしまえば綺麗になるんだろうが気分的に嫌だ。この辺り、風呂に拘る日本人らしいのかもしれないな。

さて、まずは。

「水」

バシャ～。

……あっ、ここに来る前に風呂の水を入れ替えてきたのを忘れていた。外でよかった～、そうでなければ三回目になるところだった。まぁ水魔法は問題なしということにしておこう。えっと、次は。

「光」

ポゥ。

光りの玉が目の前に出現する。今は昼間なので良く分からないが、結構明るいので重宝している。

そういえば、身を守る魔法が結界しかないな。何か別の方法を用意しておいた方が良いかもしれないな。身を守る……身を守る、壁？　壁と言えば土壁ってそれは家か。いや、土壁でも強度を強くすればしっかり守ってくれるはずだ。とりあえずイメージを作ってみるか。

えっと土は、どこから持ってくるイメージを作ればいいんだ？　周りから集まってくるイメージでいいのか？　で、壁を高く作って。このままじゃ、高く積み上がったただの土だから、これに強度を足すと。強度？　イメージが作れないな、とりあえず粘土みたいに粘ってしている方が良いのか？　いや、コンクリートの様に固める方が……。どっちも足していくか、まず土に粘土を足してそれを固めて……よし。

「土壁！」

ドドドドドドドドドドドッ。

あ～、周りから土を集めるのは駄目だな。壁の周りに深い穴ができてしまった。というか、壁ももう少し高い方が良いよな。三メートルぐらいだと上から飛び越えられるだろう。

「あっ、強度はどうなんだ？」

ちょっと攻撃をしてみるか。石を拾って、俺の全力でぶつけてみる。

コツン
「くっ」

石が壁にぶつかった時の軽い音が聞こえてきた。……こんなしょぼい攻撃、誰もしてこないな。というか、肩が痛い。もう少し運動をこまめにしよう。

ん～攻撃……あっ、石を魔法で飛ばしたらいいんだ。そうだ、その方が石に威力を足せるからいい実験になるはずだ。足下にあった石を拾う。ギュッと石を握り込んで、鉄を貫通するイメージをしっかりと作る。なんだかイメージした鉄が薄っぺらいな。もっと分厚い鉄の方がいいよな。えっと、鉄の厚さは分かりやすく一〇〇センチでいいか。よしっ！

「いけ！」

ビシッ。

あ〜、壁が弱すぎる。簡単に貫通してしまった。これだと何も守れないな。強度をもっとつけないと。粘土を硬く固めるぐらいでは駄目だな。今の石の様に魔法で強度を増す方法だったら、かなり強い壁ができるのではないか？　目の前にある壁をそのまま使えばいいな。

土だからまずは水を弾くイメージと、次に押しつぶされないように壁自体に結界を張って。火を噴く魔物がいる可能性があるな、火は結界で吸収するか。あとは、何があるかな？　雷みたいな攻撃もあるかもしれないな。雷で攻撃されたら、反射するか。で、あとは……思いつかないな。とりあえず、壁に追加してみるか。

「壁にプラス」

目の前の壁が微かにギュッとしまったように感じた。さてと、どうかな？　石を拾って。

「いけ！」

ゴッ……バラバラ

壁にぶつかった石は、粉砕されぱらぱらと地面に落ちる。よし、第一段階はクリアーだな。次の攻撃は、魔法でやってみるか。攻撃魔法で思いつくのは火の玉かな。どんな物も燃やす業火が一気に燃え上がって、すべてを灰にする。こんな感じのイメージでいいかな。

「火の玉攻撃」

あっ、攻撃って付けてしまった。

ボッ。

あ～駄目だな。壁が半分灰になってしまった、それに残った壁もぼろぼろだ。もっと壁の強度を強くしないと。

「うわっ、親玉さんか～」

気が付くと、真後ろに親玉さんがいた。いつの間にこんな近くまで寄って来ていたんだ？

親玉さんを見ると、壁を見つめている。何かあったのか？　壁を見るが分からない。周りを見回す。

ん？　シュリも子蜘蛛達もどうしたんだ？　なぜかここにいる仲間達が全員壁を見つめている。

「親玉さん？」

声をかけるとハッとした様子を見せる。もう、大丈夫かな？

「親玉さん、大丈夫か？」

俺の声になぜか体をビクつかせる親玉さん。もしかしていきなりおかしなことを始めたと、思っているのかもしれない。言葉で説明できないのが辛いな。

「大丈夫。ちょっと魔法を勉強しているだけだ」

って伝わればいいが、無理なんだよな。ただ、最近は『大丈夫』という言葉は、なんとなく理解できたみたいなので繰り返すしかないか。

「親玉さん、大丈夫。大丈夫だから」

ん？　シュリも近づいてきたな。もしかしてここで魔法を使っては駄目だったのだろうか？　シュリが親玉さんに何か言ったのか、二匹が俺から離れていく。良く分からないが、大丈夫だろう……たぶん。

さて、次は壁をもっと強くする必要があるんだったな。後、壁を作る方法だな。今回は周りから土を集めたが、それだと壁の近くにいる俺や仲間が危険だ。もっと安全に高い壁を作る方法を考えないと。周りから土を集めるのではなく、地下から土を持ち上げるか。その方が、壁の近くにいても安全だ。ん？　いや駄目だ。壁を高くすればするほど壁の下に空洞ができる。かなり不安定だ。

あっ、魔法で土を増やせばいい。この方法だったらかなり高い壁を作ることができる。

「それに、周りに穴も開かないし、壁の下が空洞になることもない！」

完璧、次は高さだが五メートルぐらいはほしいよな。幅は、開けた場所だったらやはり隅から隅までだろうな。よし、土台はいい感じだ。強度は先ほどよりもっと強くする必要がある。土と土の結びつきをもっと強く、くっ付いたら離れないイメージ。火は吸収して、水は跳ね返して、雷は反射、風は竜巻にもびくともしない。よしここまでのイメージは完璧だ。四トントラックがぶつかってきても、問題ないイメージだからある程度のモノは防げるだろう。

あ～、ぶつかってきた魔物や巨大な動物がちょっと可哀想かな？　ぶつかったら痛いもんね。あたりどころが悪かったら、死ぬこともあるよな。それはさすがに目覚めが悪い。ぶつかっても大丈夫なように……車のエアバックか。でも、土では作れないし。エア……空気か。空気をギュッと濃縮したら衝撃って減らせないかな？　実験をするわけにもいかないしな～。まぁ、無いよりある方がいいだろうから付けておこうかな。なんとなくこれで気分的に楽だ。

「こんなモノかな？」

実際に作って色々試してみないとこれ以上は分からないか。もう一度今のイメージを作り込んで
「壁！」

三歩ほど離れた場所にドーンと巨大な壁ができ上がる。上を見る。高さは五メートルぐらいになっているはずだ。左右を確かめる。イメージした通り、開けている場所の隅から隅までしっかりと壁がたっている。

「なんだかすごく静かだな？」

親玉さんやシュリがいる後ろを見ると、表情は読みにくいがぽかんとした雰囲気になっている。壁がいきなり出現したらこうなるか。申しわけないな。

「親玉さん、シュリ。大丈夫だからな」

声をかけたがいまいち反応が悪い。まぁ、実験を続けたいので今は置いておくが、あとでちゃんとフォローしないとな。

さて、実験の続きだが強度だな。まずは近くに落ちている拳ほどの石に手を乗せ、かなり速い速度で飛ぶイメージを作り。

「岩、攻撃！」

ヒューッ……ゴボッ。

岩が飛んで行き壁にぶつかると岩が木端微塵に粉砕した。その残骸がぱらぱらと風に散っていく。

物理攻撃は問題ないな。次は火だが、さっきのイメージより火の勢いをつけておくか。

「火の玉攻撃」

ゴゴゴーッ……シュン。

お～、壁に当たった瞬間消えた。イメージ通りだ。いい感じに強くできたみたいだな。

えっと、次は雷。雷は何度も見ているからな、イメージはしやすい。でも、壁の強度を確かめるのに一本ではちょっと足りないな。五本ぐらい纏まって落ちるイメージにするか。

「雷落ちろ！」

ピカッドーーーン。

「うわっ、うるさい……ちょっと近くに落とし過ぎたな」

壁の様子を見るが、変化はない。どこに落ちたのか不明だが、壁にひびは入っていないようだ。ただ、壁が高すぎて上が見えないが……。まぁ、大丈夫だろう。

最後に風の攻撃だな。イメージはテレビの報道番組で見たものでいいよな。えっと、しっかりと思い出して。

「竜……あっ、ここにいたら俺達も危なくなるか。竜巻は駄目だな」

他に何があるかな。確か昔聞いたことがあるんだけど、風が起こす……鎌鼬《かまいたち》だ。日本に伝わる妖怪で、人を切りつける風を起こすんだったよな。……特に、役にたちそうにないな。いや、切りつける風はイメージで使えるか。木々を一瞬でスパッと切れる鋭い風をイメージして。

「風攻撃」

ビシッ
壁に斜めに傷が入る。あっ、まだ壁の強度が足りないのかな？　ちょっと近くで見てみるか。

壁に近づき切れている部分を確かめてみる。うっすらと線が入っている程度だ。これぐらいだったら、許容範囲だろうか？　この森にどれくらい強い魔物がいるのかは分からないから、絶対に大丈夫とは言えないが。とりあえず、今日はこのぐらいでいいかな。色々とイメージしていたから、頭が疲れてしまった。

「ふ〜、何とか守るための壁は完成だな。魔法を発動する言葉も壁でいいよな。短い方がとっさの時に口にしやすいし」

それにしても最後の風攻撃、ちょっとかっこよかったな。

壁で仲間を守ったら、次は攻撃。

攻撃には風を使ってみようかな。火も雷もしっかり倒すんだったら、灰にするのが一番だし。水は周りに被害が出やすい。風だったら、攻撃後の肉を美味しくいただくこともできるだろう。次は攻撃を考えようかな。

「よし、今日はここまで。親玉さん、シュリお待たせってどうしたんだ？」

なんで、皆で固まって震えているんだ？　何かあったっけ？　周りを見るが、巨大な壁があるだけだ。あっ、これどうしようかな？　潰すのはもったいないなし、攻撃の練習に使えそうだしこのままにしておくか。

「何か怖いことでもあったのか？　ごめんな気付いてやれなくて」

こんなに震えるなんて、何があったんだろう？　周りの森を見渡す。俺の眼にはいつもの森に見えるが……。親玉さんやシュリを怖がらせる何かが潜んでいるとか？　それは怖いな、俺では絶対に勝てないだろう。緊張しながら魔力探知を発動して、周辺を調べてみる。何も引っかからないということは、もう大丈夫ということか？　まぁ、とりあえずちょっと安心だな。

「もう、何もいないから大丈夫みたいだぞ」

親玉さんに近づいて、そっと手を伸ばす。なぜか全員がビクンッと体を硬直させる。えっ？　もしかして、俺を恐がっているのか？　なんで？　あ～、自分で作った壁に攻撃しているから、頭がおかしいと思われたのかも。

「大丈夫だぞ、ちょっと守るための準備をしていただけだ。決して気が狂ったわけではないからな」

親玉さんの頭をそっと撫でて、大丈夫だと伝える。言葉が通じたら、ちゃんと伝えることだできるんだが。何度も撫でていると、そっと窺うように親玉さんが見てくる。なので、もう一度大丈夫と言って、優しく頭を撫でる。気が触れたと思われるとか、悲しすぎる。

あっ、水の対策を考える予定が壁づくりに熱中してしまった。すっかり忘れていたな。はぁ～。あれ？……もしかして言葉を変えればいいだけでは？　『コップの水』とか、『お風呂の水』とか……まぁ、解決したから良しとしておこう。

―大きな蜘蛛　親玉さん視点―

主が、かなりの速度で森の中を疾走している。その傍を護衛として我と我の子供達……不要だがアンフェールフールミのシュリがいる。

「なぜお主が一緒なのか」

「それは私の言葉だ。まったく」

シュリがため息をつく姿に、舌打ちしたくなる。あ〜、本当になぜコヤツが一緒なのだ。確かに昔ほど、刺々しい関係ではない。だが、なんとなくそりが合わないというのか、やることがはなにつくというか……。つまりは、相性が悪いということなのだろう。

「似た物同士だからね」

我が子の声が後ろからしたが、声が小さく何を言ったのか分からない。少し後ろを窺うが、子らは何も反応しない。何なんだ？　前を向こうとすると、シュリも同じ様に後ろの我が子を見ていたようだ。同じ行動をしていたことにイラッとしたが、ここには主がおる。我慢じゃ。

しかし主は、どこへ向かっておるのだ？　主の守っている結界内だが、家から随分と離れておる。何かあるのか？　ん？　止まったが……何もない場所じゃな。周りを見るが森が開けた場所というだけで、特に気になる物はない。

「親玉さん、ここに何があるんだ？」

「分からん」

シュリにも分からないようだな。ちょっとそれには安心だ。ん？　あの手の動きは離れてほしい時にしていたな。

「離れるぞ」

「あぁ」

周りを警戒しながら主から離れる。が、あまり離れすぎるのは駄目だ。何かあった時は、すぐに駆けつける距離でなければ。

「全員に聞いているのだが、主の魔力はいったいどれくらいあるのか分かるか？」

何とも言えない聞き方じゃが、主の魔力か。森の結界や我らを守る結界。それ以外にも、森の各所で動いている主の魔法を思い出す。これらを維持するだけでもかなりの魔力が必要となる。それに主は生活でも惜しみなく魔力を使う。正直、主の魔力量については全貌が全く見えん。

「分からん」

ん？　主の魔力が膨れ上がっておる。何が起こるんだ？

ばしゃ～。

「「「「はっ？」」」」

なんであんなところに大量の水を？　シュリの様子を見るが、シュリもこちらを向いていた。思わずお互いに首を傾げてしまう。

ん？　次は光？

「主はいったい何をしているのだ？」

シュリに聞かれても、分かるわけがないではないか。ん？　周りにいる我が子達も動いを止めて呆然としておるせいで、警戒が疎かになっておるな。ちょっと注意をしておいた方がいいかもしれんな。

ドドドドドドドドドドドドドッ。

声を出そうとしたら、重低音が響き大地が揺れるそれに体がびくりと震える。こんな振動を感じるのは初めてだ。急いで主のもとへ……土の壁？　主の前には巨大な土でできた壁。もしかして、あれを作る時の音と揺れだったのだろうか？

「あれは土で作られた壁だよな？　何か役に立つのか？」

シュリが隣で首を傾げている。確かに土の壁は守りには弱すぎる。魔法で強度を増しても、魔法をまとった水には弱くすぐに壊れるのであまり好かれる物ではない。他にも風にも弱かったはずだ。

「主の壁には興味があるが、さすがに土ではな」

シュリの言葉に思わず、頷いてしまう。驚かせる役目を持つのが土の壁だ。主は誰かを驚かせたいのだろうか？

何をしたいのじゃ？　石を当てているが、ん？　魔法で石をぶつければそこから崩壊が始まって……崩壊しないな。

「なんで、崩れないんじゃ？」

「今、確かに石が貫通したと思うのだが……」

シュリにそう見えたということは、我の見たものもあっているはず。うわ、壁が一瞬光った。主が何か魔法を壁に足したのか？　しかし、それでも土なので限度がある筈なのだが。

「「なっ！」」

石が壁に当たって砕けた。そんなことがあるのか？　主はいったい土に何をしたのじゃ？

ボッ。

いや、さすがにそれは無理だ。というか、今の炎。一体どれだけの威力があったのか。土が灰になるなど聞いたことがない。

「なんだ、あのありえないほどの炎の力は」

シュリが思わずといった感じで警戒音を出してしまっている。我は何とか押し留まったが、我の子供達も警戒音が出ておる。

「しっかりせんか。主が我らを攻撃するはずがないのだから」

「べっ、別に主を恐れてではない！」

シュリの言葉に、ニンマリと笑みが浮かぶ。我の表情を見たシュリが、睨み付けてくるが知ったことではない。主を恐れ、警戒したシュリが悪いじゃだからな。

しかしあの壁、あの炎に耐えたところがあるとは。ちょっと近くで見てみたいの。……そっと、近付いてみるか。主の邪魔はできんから、気配をしっかり消していかねば。

すぐに、気付かれてしまった。邪魔をしてしまったかと心配したが、問題ないようじゃな。良かった。

それにしても、あまりに早く気付かれたので壁を見たまま固まってしまったわ。しかし、さすがじゃの～。完璧に気配は絶っておったのだが、まったく効果があったようには見えんかった。

主に名前を呼ばれ、ビクリと体が動く。

ちょっと驚いたのじゃ。決して、震えたわけではない。って、何を自分に言い聞かせておるのじゃ。

しかし主に名を呼ばれるのはうれしいの。主の言葉で、しっかりと耳に届く音だ。他の言葉はまだまだ理解できぬからな。

ん？　言葉が追加されたが……確かよく主が我らに向かって言う音だ。微かに聞き分けることができる音の一つだな。主の言葉に耳を傾けていると、不意に後ろから嫌な気配を感じた。

「主の邪魔をするのは良くないぞ」

シュリに注意される日がくるとは、今日は厄日であるな。しかもシュリのヤツ、先ほどの仕返しなのか顔がにやついておる。鬱陶しいの。

「分かっておるわ。しかし、気配を絶っても主には意味がないのだから仕方なかろう」

「お前の絶ち方が悪かったのだろう？」

何じゃと！　そんなことが、あるわけがないじゃろうが。奇襲に長ける我にそんな言葉を……しかし、今は主に読まれてしまったからの。こやつめ～。

「主がすごすぎるからじゃ！　戻るぞ！」

正直言われても仕方ないのだが、シュリに言われるとついつい反発心が。全てシュリが悪いのじゃ。

「本当にそっくりだよね」

「シュリ殿の子供達も言っていたよ、そっくりだって」

ん？　我が子達が集まっておるが、何を言っているのだ？　最後シュリという言葉は聞こえたのだが。

「私がどうかしたのか？」

シュリの質問に、子らが全員で首を横に振った。ん？　なぜ子らは、何とも言えない視線を我とシュリに送るのだ？　言いたいことがあるなら言えばよいのに。

ん？　主よ、次は何をしておる？　先ほどより主の魔力が高まっておる。何が起こるんじゃ？

あっ、警戒音がなってしまった。横を見ると、シュリもしまったという表情をしている。どうやらこやつも、また警戒音を鳴らしたようだ。ホッとしていると、視線が合う。

「「…………」」

お互い無言で見つめ合うが、子らの恐怖に震える音に主の方へ視線を向け唖然としてしまう。何じゃあれ。土の壁で間違いないじゃろうが、あんな膨大な魔力を含んだ壁など見たことがない。

「親玉さん、あれは……」

「知るわけがなかろう。あんな壁、初めて見るんじゃから」

「あぁ、そうじゃな」

……シュリよ、言葉が我の様になっておるぞ。何か言おうとするが、また主の魔力が高まる気配に警戒をする。今度こそ怖がらん！

ヒューッ……ゴボッ。

「「「「なっ！」」」」

何だ？　今、飛んだのは石か？　何か魔力を纏っておったような気がするが。しかしあの速度の石がぶつかっておるのに、土の壁が耐えておる。

ゴゴゴーッ……シュン。

「「「「ぎゃっ！」」」」

今度は火ではないな、あれは業火？　いや違う、もっとすごい炎だった。あんな高魔力を含んだ炎など……マグマなど足元にも及ばん。しかし、もう終わった……。

ピカッドーーン。

「「「「ひぃっ！」」」」

なんじゃや、何が起きた？　一瞬、真っ白な世界になったのじゃが我は生きておるのか？　お～、大丈夫じゃ。心臓は動いておる。しかし、今のはなんだ？　雷はあんな凶暴ではないぞ。

ビシッ。

「「「「…………」」」」

今までの攻撃に耐えていた壁に傷？　いったいどれほどの魔力を溜め込んだ風なんじゃ？

「主は、神とでも戦争を始めるつもりか？」

「分からん」

これから何か起こるのじゃろうか？　もしそうなら、周りの仲間達にも言っておかねばならんが。しかし、終わりかの？　もう、何もないかの？　本当に、だいじょうぶかの？

主がこちらに歩いて来る姿に全員でぶるっと震える。いや、主が怖いからではないぞ。これからのことを考えてだ。

ん？　主が周りを警戒しておる。やはり何か起こるのだろうか？

「シュリ、やはり何かあるのかもしれんぞ」

「そうだな、あんなに警戒するとは。仲間達にも言っておこう」

しかし、主があれほどの攻撃を準備する者に我らは勝てるのか？　先ほど見た魔力を籠めた攻撃を思い出していると、主が傍にいることに気が付いた。体がビクンと反応してしまう。我では対処できない攻撃の数々を見て、体が恐怖に震えてしまったようだ。

それに気が付いた主の表情が、少し悲しそうに歪んでしまう。あ～、違うのじゃ！　頭の中が混乱して固まっていると、優しい主の力がスーッと流れ込んでくる。主の優しい力を感じて、緊張で固まっていた体から力が抜ける。我が安心したのに気が付いたのか、主の表情も優しくなる。はぁ～、誤解が解けてよかったの～。

番外編・それはない！……えっ！チャイ！

朝、目を開けると『一つ目』と、目が合った。というか、顔の横に正座している。なぜそこに居るのか？　いつからいるのか……怖いと感じるのは気のせいだろうか？　いつもならベッドの中でちょっとごろごろするのだが、それをしたら何かが起きそうなのでさっと起き上がる。

「えっと、おひゃよう」

……起き抜けと緊張で噛んだ。笑ってくれたらいいのに、じっと見つめてくるだけ。あっ、話せる機能はついていなかった。まだ、俺の頭は起きていないな。

というか、なぜ見つめられているのか。どうしたらいいんだ？

しばらく無言で見つめ合っていると、部屋にもう一体『一つ目』が入ってくる。心臓に悪いので、徐々に増えるとか止めてほしい。ドキドキしながら行動を見ていると、新たに来た『一つ目』の手に何かがある。よく見ると服だ。あぁ、今日の服か。でもそれだったらなんで待っていたんだ？

いつもは新しい服ができたら、ベッドヘッドに置いておいてくれるのに。不思議に思って見ていると、すっと新しい服が差し出される。受け取ると、二体の一つ目達がじっと俺の様子を窺う。……ものすごく怖い。さっさと服を着てしまおう。

畳んである服をさっと広げて……畳み直して一つ目達に返す。そして二体をじっと見て首を振る。

「これは絶対に着ないからな」

絶対に着ないぞ。どんなに一つ目達が希望をだしたとしても絶対に嫌だ。というか、どうしてスカートがでてくるんだ。いったいどこからその知識を知ったのか。

岩人形達は独自に進化しだしている。その理由は不明だが、今まで特に問題はなかった。だが、スカートは駄目。

じっと見つめていると、二体の一つ目達が首を傾げる。可愛いが駄目。さすがにこれには折れないからな。俺の強い意思が伝わったのか、ものすごく残念そうに服を回収してくれた。

「よかった〜、さすがに淡いピンクのスカートをはく俺とか……気持ち悪いだろう」

そう、なぜかスカートは淡いピンク色だった。しかも長さがどう見ても膝上。ちょっと想像して……やめた。朝からしていい想像ではない。

ベッドヘッドには洗濯した服も置いてあった。スカートはあの二体だけの希望だったのだろうか？

まぁ、もういいか。服を着替えて部屋を出ようとすると、二体の一つ目達が新しい服を持って来た。

「新しい服か？　明日でいいのであればってちょっと待った」

何か嫌な予感がしたので、新しく持ってきた服を広げる。……綺麗に畳む。

「スカートの長さが問題でも、色が問題でもないんだ。スカートということが問題なんだ。分かるかな？」

新しい服はロングスカートになっていた。そして色は淡い緑。拒否した理由が伝わっていなかったようだ。

二体の一つ目達はお互いの顔を見合わせて首を傾げる。えっと、伝わった？　それとも伝わっていない？　三体目の『一つ目』が手に服を持ってやってきた。……服を広げて確認。今度はワンピース……ってスカートどれだけ作ったんだ？　確かめるのが怖すぎる。

「えっと、このひらひらした部分、これが駄目なんだ」

スカートの部分を指して腕で大きく×を作る。三体の一つ目達が一斉に頷いたので、ようやく駄目な理由が伝わったようだ。良かった。まさかスカートを履くまで、色々なバージョンのスカートが登場するのかと考えてしまった。

一つ目達が部屋から出ていくのを見送って、ベッドに倒れ込む。

「疲れた。まさか朝からスカート攻撃されるとは……はぁ」

でも、今度こそ駄目だと伝わっただろう。もう一度起き上がり、今度こそ部屋を出て一階へ降りる。ん～なんだかリフレッシュしたいな。朝食を食べたら、森の中でも走ってみようかな。

朝は簡単にサラダにスープ。昨日の夕飯にガッツリ肉を食べたからな、朝はさっぱりした物が一番だ。

食後の休憩を出入り禁止の畑を見ながら、ウッドデッキで楽しむ。蜘蛛達もアリ達も農業隊の手伝いをしている。やはり出入り禁止は俺だけの様だ。何か原因があるとは思うのだが、さっぱり分からないんだよな。

グルル。

鳴き声に視線を向けると、コアがすりっと顔を寄せてくる。相変わらずパッと見ると、怖い顔なんだが行動が可愛いよな。それに最近ではコアの顔を可愛く感じるようになってきた。

「おはよう。今日もいい天気みたいだぞ」

頭を撫でると、うれしいのか尻尾が左右に揺れている。両手でコアの頭を思いっきり撫でまわす。尻尾の揺れが激しくなって、胸元に顔を押し付けてくる。こういう行動が、可愛いんだよな。動物好きの俺にはたまらない。それにしても力が強いな。軽く顔を押し付けているように見えるのだが、ちょっと痛みを感じるとかどれだけ力が強いんだ。

「ぅお」

コアに集中していたら、思いっきり背中を押された。振り返るとチャイが、憮然とした表情で俺を見ている。何だ？　チャイに何かしてしまったか？　覚えがないが……。

グルルル。

「あっごめん」

チャイにびっくりして手が止まっていたようだ、コアから撫でてと催促がくる。手を動かしてコアの顔の辺りをじっくりと撫でる。目と目の間は本当に気持ちが良さそうだ。

しばらくすると、また背中をぐっと押される。振り向くと、先ほどより機嫌が下がったように見えるチャイ。撫でてほしいのか？

片手をチャイに伸ばして、眉間の辺りをゆっくりと撫でる。コアは気持ちよさそうだったが、チャイはちょっと反応が違う。何だろう？

しばらくじっとしていたチャイが、コアを撫でていた腕を押しのけて、俺とコアの間に割り込んでくる。えっと、こんなこと初めてだな。もしかして、一人だけ特別に撫でてほしかったのか？手を伸ばして撫でようとするが、チャイの表情を見て止める。ん～、撫でてほしいようではないな。

もしかして、嫉妬したのか？　ってこの場合は、おそらく俺にだろう。

「チャイ、もしかして俺に嫉妬をしたのか？」

それだったら、この表情と態度に説明がつくような気がする。この頃チャイはずっとコアと一緒にいるからな。良い友人関係を気付けたのだろう。……種が違うから友人だよね？　恋人だったりするのか？　色々と想像していると、コアが軽くため息をついた。コアの反応から恋人関係ではないようだな。あっ、でもチャイはコアが好きなのかもしれない。ため息をつかれて、情けない表情になっている。

「チャイ、お前可愛い」

チャイの表情に応援したい気持ちが湧きあがってくる。とはいえ、種が違うことが障害だな。俺の言葉に、意味が分かっていないのだろうきょとんとする二匹。種の存続から考えたらチャイの気持ちは通じない。でも、ここは異世界だからな。もしかしてということもあるかもしれない。

「チャイ、頑張れよ」

勝手なことを言っているが、応援は自由だからな。

「あっ、そうだ。森へちょっと気分転換に走りに行きたいのだけど、付き合ってくれるか？」

まぁ、意思の疎通ができないので意味がないのだが、とりあえず聞いてみる。案の定、二匹で首を傾げている。いいコンビだと思うんだけどな。

「えっと、森」

森を指して、二匹が頷くのを待つ。次に自分を指して少し走る格好を見せる。なんとか通じたようだ。で……一緒ってどう伝えたらいいのかいつも迷うんだよな。

グルル。

コアが喉を鳴らして、スイッと体を俺に擦りつけてウッドデッキから庭に下りていく。そして、振り返り俺を見つめる。もしかして、一緒に行ってほしい気持ちが伝わったのか？　コアは賢いな。

「ありがとう」

急いで準備を整えて、庭に降りる。ストレスが溜まったり、気持ちをリフレッシュしたかったりすると走る様にしている。適度な疲れと、体を動かすことが俺には合っているようで、色々とスッキリするのだ。

「ん？　チャイも一緒に来てくれるのか？　あ～、チャイはコアと離れたくないって感じかな？」

なんだかチャイの態度がいちいち可愛く見える。コアと同様顔は怖いが、何と言うか態度が可愛いんだよ。チャイを見て笑ったのに気が付いたのか、ぷいっと視線を逸らしてしまった。……やっぱり行動が可愛いな。機嫌を損ねそうだから態度には出せないが、ものすごく撫で繰り回したい。見ていると行動してしてしまいそうなので、そっと視線をずらして気持ちを落ち着ける。

「さて、行こうか」

走りだす俺の左右にコアとチャイ。こういう時、俺の守りを優先してくれるチャイの健気さが可愛いよな。あっ、でも気になるのか、ちらちらとコアを見てる。種が違うのが残念だ。可愛い二匹の子供が見られたかもしれないのに。

景色を確認しながら走る。少し残っていた呪いの影も、いつの間にかかなり薄くなっている。結界内は随分とすごし易くなったよな。

あれ？　今、目の前をすごい勢いで通り過ぎたのって、昨日唐揚げにした巨大ウサギだよな。俺よりデカいウサギを見た時は、驚きを通り越して引いたよな。しかもあの見た目で、鶏肉に近い食感と味なんだから異世界の不思議だな。

そういえば、唐揚げはどこの世界でも大人気だった。ただ、……あの時のコア達の眼がすごく怖かったけどな。

あっ！　あれは、おそらくコアの仲間だな巨大ウサギを追っているということは、狩りの最中か。それにしても、狩りをする姿ってかっこいいよな。

えっ？　なんか、巨大ウサギの顔がこっちを向いてどんどん近づいて来るような。なるほど、こっちへ逃げてきているのか。しかも三匹！

コアとチャイが俺の前に来て、低く構えて戦闘態勢を取る。

えっと、俺はどうしたらいいんだ？　ここでボーっと突っ立っていているわけにはいかないし。

あっ、邪魔にならないように隠れておくか。移動をしようとすると、先頭を逃げる巨大ウサギの血走った眼と視線が合う。次の瞬間、ぐわっと牙をむいて威嚇してくる。

こわっ！

「壁！」

そのあまりの怖い顔に思わず、巨大な土壁を出現させてしまう。

ゴスッ！　ゴスッ！　ドコン。

森の中に重低音が三回響く。

壁の前にいるコアとチャイが、俺をじっと見てくる。あ～、確実に邪魔をしてしまったな。申し明けない。しかも土壁なので、壁の向こう側が見えない。今、どうなっているのか……分からない。ただ、ものすごく静かだということは分かる。って、いつ土壁を消したらいいんだ？

土壁まで歩み寄りそっと手を当てて何か音を拾えないか耳をすます。なんだか異様に静かだ。仕方ない、壁を崩すか。コアとチャイに離れるように手で指示を出す。

「壁を崩すから離れろよ～」

おそらく意味が理解されることがないため、自己満足なのだが一応壁の向こうに声をかけておく。少し離れた場所に立って、壁が崩れ落ちるイメージを作り魔法を発動。

「崩れろ！」

ガラガラと目の前にある巨大な土壁が崩れ落ちていく。少し離れて見ているが、いったいどんな壁を作ったのが残骸が山になっていく。

「「「ギャッ！」」」

ん？　今、何か声が聞こえたような気がするな。……もしかして仲間が逃げ遅れたのか？

「大丈夫か？」

声を張り上げてみるが、崩れる音の方が大きい。しばらくすると全て崩れ落ち、残骸がちょっとした小山になった。慌てて、それを飛び越えて反対側へ向かう。

「大丈夫か？」

声をかけると三匹のオオカミがグルルと喉を鳴らして出迎えてくれた。怪我をしている様子はない。良かった。それにしても、聞き間違いだったのだろうか？　周りを見渡す。あっ、巨大ウサギがいない。

……もしかしてと後ろの残骸に視線を向ける。あ～、足が見えるな。ちょっと潰れた可能性を考えたが、さすがにこのままというのは気が引けるので壁の残骸を魔法で移動させる。

「あっ、よかった～。潰れていない」

壁の残骸で細かい傷は見られるが、潰れた様子は見られない巨大ウサギ四匹。いつの間にか一匹増えている。が、おそらく壁にぶつかった時か、残骸が上から降ってきた時なのかは判断できないが気を失っている。さて、この子達をどうしようかな。

ん？　一匹の巨大なオオカミが近づいていくる。この子はコアの仲間のシオンだな。どうしたんだろう？　見ていると……。次々と四匹に止めを刺していく。それに驚いて少し後ずさる。

……そういえば、狩りの最中に俺が邪魔をしてしまったんだったな。つまり結果はどちらも同じだったということか。それにしても巨大ウサギにしてみたら、踏んだり蹴ったりだな。なんとなく手を合わせておく。

……美味しく唐揚げでいただくから安心してくれ。

さて、このまま狩りを見ているのも良いが、まだもう少し走りたいな。

「コア、走りに行こう」

コアを呼んで森を指し腕を走る様に動かす。すぐに気が付いてくれたので、コアとチャイをお供に走り出す。

「シオン、またな」

獲物を運ぶのを手伝おうかと考えたが、すでに空中に浮いている獲物の状態を見て止めておく。どう見ても、手伝うことがない。コアもシオン達も、本当に魔法を使いこなしているよな。羨ましい。

―オオカミに間違われているコア視点―

訓練を終わらせ体を伸ばす。日々、体が軽くなってきているのが分かる。その原因は力。魔眼によって失われた力が、主の加護の中にいるお蔭で日々戻ってきているのだ。

「全て、主のお蔭じゃな」

畑にいる主の作ったゴーレム達の働いている姿を見ながら住処に戻る。

家に入ると、家の中で過ごしている目が一つのゴーレム達が数体集まっている。近付くと、何かを手に持って落ち込んでいるように見える。何を持っているのか？……布？　随分と変わった形の布だな。主が着ている物とはずいぶんと形が異なっている。

「どうかしたのか？」

ん？

「シオンか。いや、随分と面白い布を持っているのでな。それに何やら落ち込んでおるように見える」

「主のゴーレム達か。確かにいつもと少し雰囲気が異なるな。あっ、あれはおそらくメスが着る衣服ではないか？」

「メス用？　主はオスであろう？」

「あぁ、そうだ。なぜメス用を持っているんだ？」

「知らん。我がここに来た時からすでにあぁであったからな」

シオンと首を傾げるが、答えなど出るはずもない。

「そういえば、シオンはどこかへ行くのか？」

確かシオンは中から外に向かって出てきた。

「キラーラグの狩りに行ってくる」

キラーラグ？　あぁ、昨日の旨い肉のことか。外側がパリパリして、中からジュワ～と味がしみだして……腹が減る。そうか、あれか。

「できるだけ多く狩ってこい。主に願うにも肉が無ければ話にならん」

「もちろんだ」

シオンの後を、クロウとヒオがついて出ていく。狩りの上手い三匹か。これは期待できそうだ。

あ～、昨日はあまり食べれなかったからな。あれだったら、数匹分作ってほしいところだ。駄目だ。思い出したら、よだれが。

ん？　主発見！

「主！」

今日も主の近くは力が流れていて気持ちがいい。このゆっくり流れ込んでくる優しい力が特に好きじゃ。気持ちがほっこりするの～。

ん？　チャイ？　んで邪魔をするのか、まったく。主、我をもっと撫でてほしいのだが？　ん～、やっぱり気持ちがいい。

「チャイ！　主を押すのではない。困っておるではないか」

「……わるい。だがコア、そのだな……」

「なんだ？　はっきりせんか」

「……いや、なんでもない」

「はぁ、チャイ」

「なんだ」

「主に嫉妬するのは間違っておるぞ」

「なっ！」

おぉ～、焦っておる。焦っておる。まったくあれ程に求愛されて気付かないほど我は愚かではないぞ。しかし、愛いやつめ。

「コア、あのだな……」

しかし、なぜチャイは我の気持ちに気付かないのか。傍におることを許し、全てをおいて優先してやっておるのに。冷静になれば、すぐに答えなど分かると思うのだが……。他の者達は、皆気が付いておるぞ？

「なんだ？」

こうなれば、我の気持ちに気付くまでこのままじゃ。まったく、早く気が付け。我も我慢の限界があるからの。

「ん？　主、どうかしたのか？」

森？　行きたいのかの？……一緒に行こうと誘ってくれておるのか？

「もちろん行くぞ？　チャイはどうするのだ？」

「もちろん行くに決まっているだろう」

「そうか、ならば主の右側は任せたぞ」

「えっ？」

驚いておるが、主に何かあったらどうするつもりか。確かに、チャイに隣は許しておるが主のことに関しては別格じゃ。

「分かった……そうか」

落ち込んでおるな。どうやら、違う意味で取ったようだ。まったく、手間がかかる未来の夫じゃ。仕方ない。

「…………………帰ってきたら身づくろいを頼むぞ」

「……本当か？」

「さて、主の用意も済んだようだし、行こうかの」

「コア、答えを聞いていないぞ！」

知らん、知らん。あんな恥ずかしいことを二回も言えるわけがなかろう。我にとっても初めての気持ちなんじゃからな。あ～、体が熱くなってむず痒いくなるわ。主と走っていれば、この熱も落ち着くだろう。

走っている主の様子を窺う。どこへ向かっておるのだろう？　耳を澄ませば、どこからか仲間の声が聞こえてくる。おそらく狩りをしているのだろう。このまま行って問題ないだろうか？　主に危険は及ばんか？

「チャイ、気が付いておるか？」

「あぁ、近くで狩りをしているみたいだ。あれは？」

「キラーラグの狩りじゃ」

少ししてチャイの喉が鳴った。どうやら昨日の上手い肉を思い出したらしい。

「楽しみだな」

チャイが口の周りを舌でなめる。我だけでなくチャイも相当気に入っているようだ。

「主はもしかして、心配でここまで来たんだろうか？」

チャイの言葉に納得してしまう。なぜなら、主はかなり心配性だからだ。森の王である我にも他の者達と同じように厳重に結界を張ってくれた。しかもその結界は、天から落ちる雷にも耐えられるだろう強度だ。

「どうする？　主を止めた方が良いか？」

チャイが聞いてくるので、少し迷う。主のやることを止めて良いのか？　何か問題があって、狩りの手伝いをするのかもしれないし。

「んっ？」

あれはキラーラグ。シオン達が追い回しておるのか。何だ？　キラーラグの動きが、我の知っている物と異なるな。もしかして変種か？　森に呪いが広がった後に現れた、魔物の変種体。身体能力がかなり上がっていて、特に気を付ける必要があるのだが。

「こちらへ来る。コア、あれは変種体だ！」

チャイが戦闘態勢を取る。我もいつでも襲いかかれる体勢を整える。どうやらキラーラグは主を狙うようだ。まったく愚かなことだ。やれる物ならやってみるが良い！

ドゴーーーーーー！

ゴスッ！　ゴスッ！　ドコン。

えっ？　主の声が聞こえたと思ったら、キラーラグの姿が壁に変わる。急いで周りを見ると、どうやらキラーラグと我らの間に土壁が現れたようだ。

まさか、主が壁を作ったのか？　まぁ、これほどの完璧な物を作れる者などそうそうおらんが。後ろを振り返り主を見ると、怖がることも、異様な風景に驚くこともない様子。やはり、主が作った壁か。

「あの速さで、これほどの高い壁を作れるとはさすがじゃ」

主を見ていると、壁い近付き手を充てて目を閉じてしまう。

「何をしておるのだ？」

我の言葉に首を捻るチャイ。そして、我らに後ろに下がるように指示を出すと、何事かを叫び一気に壁を崩した。壁が崩れる音が、辺りに響き渡る。

「圧倒的な力じゃな」

壁が崩れると主がさっと残骸を飛び越えていってしまうので、慌てて後を追う。シオン達の姿が見えるが、キラーラグは姿はない。シオンの視線を追うと、壁の残骸。

「この中にキラーラグがおるようじゃが……」

さすがに潰れてしまったのでは？ ちょっと残念に思っていると、壁の残骸がふわっと浮かび上がり移動を始める。主に不得意の魔法はあるのだろうか？ しばらく待つとキラーラグの姿見える。潰れておらんの。

「主は力加減をしてたみたいだな」

「そうじゃの」

まぁ、主ほどの力を持ちながらしっかり加減もできるのだから、さすがだ。

「シオン、止めを」

我の声に、シオンが動き出す。主はシオンの邪魔にならないように、少し場所を離れたようだ。主に呼ばれて視線を向けると、森を指している。まだ、何か気になることでもあるのか森を走るようだ。

「あとは任せぞ」

キラーラグを絶対に住処に持ち帰るのだ。そしてあの旨い肉にしてもらう。

「任せておけ」

シオン達三匹が力強く頷くのを見てから、主の後を追う。今日は沢山作ってもらいたいからな、途中で帰る様にお願いしよう。

あとがき

初めまして、ほのぼのる500と申します。この度、「異世界に落とされた…浄化は基本！」を、お手に取ってくださり本当に有難うございます。イラストを担当して下さったイシバシヨウスケ様、素敵なイラストを有難うございます。こちらの作品はＷｅｂ上で初めて発表した作品です。多くの方々に応援、感想、誤字脱字報告を頂きました。また沢山の評価やブックマーク登録など、全てが私を支えてくれました。本当に有難うございます。これからも、どうぞよろしくお願いいたします。

私のほのぼのる500のペンネームですが、ほのぼのとした作品を書こうと決めた時に決定しました。500は短編五〇〇話ぐらいを目指そうと。が、短編は難しいですね。書きたい事を書くと短編にならない。早々に諦めて王道の異世界トリップを書こうと出来たのが「異世界に落とされた…浄化は基本！」です。途中まではちゃんと、王道ストーリーを目指して設定を考えていたのです。異世界に飛ばされた主人公が仲間たちと共に魔族と戦って、と。ただちょっとした疑問が浮かびました。魔族の命とはいえそんな簡単に奪えるモノなのか？　私は無理だな。もし無理やりやらされたとしたら心が病むなと。解決策を考えて洗脳か！　などなど。いろいろ自分の中で納得のいく答えを導き出した結果、王道とはかなり外れた物語が出来ました。異世界トリップ物ではありますが、飛んだ先で人は見つけられず、出会った魔物達とも意思疎通が出来ない。そんな異世界に落とされた、ビビりの主人公と魔物たちが寄り添っているようで実は勘違いしまくっている。そんなほのぼのした日常物語です。

そしてなんと、コミカライズが決定しております！　こちらもよろしくお願いいたします。私のもう一つの作品「最弱テイマーはゴミ拾いの旅を始めました。」こちらもどうぞ、よろしくお願いいたします。可愛いテイマーとスライムがほのぼの旅をしながら愛されています！

ＴＯブックスの皆様、前作に続き本当に有難うございます。担当の新城様、本当にお世話になっています。皆様のおかげで無事にこの本を出版する事が出来ました。心から御礼を申し上げます。そしてこれからも引き続き、よろしくお願いいたします。

最後に、この本を手に取って読んで下さった方に心から感謝を、そして二巻でお会いできる事を楽しみにしております。

二〇一九年十二月　ほのぼのる５００

異世界に落とされた

コミカライズ第1話冒頭試し読み

漫画：中島鯛
原作：ほのぼのる500
キャラクター原案：イシバシヨウスケ

気づいたら
異世界
人もいない
何もない
一面の木
そして木
大木
だけど
この状況…
ちらっ
フッ
お前…
野生だろ？
はぁ〜
しあわせの
モフモフ
だぁ〜

2020年
配信予定!!
続きは、WEBコミック
COMIC コロナ
にてお楽しみください！

異世界に落とされた…浄化は基本！

2020年2月1日　第1刷発行

著　者　ほのぼのる500

発行者　本田武市

発行所　TOブックス
〒150-0045
東京都渋谷区神泉町18-8　松濤ハイツ2F
TEL 03-6452-5766（編集）
0120-933-772（営業フリーダイヤル）
FAX 050-3156-0508
ホームページ　http://www.tobooks.jp
メール　info@tobooks.jp

印刷・製本　中央精版印刷株式会社

ISBN978-4-86472-904-8

Printed in Japan